恩田陸

夜果つるところ

集英社

飯合梓

夜果つるところ

照隅舎

夜果つるところ

一

女は待っていた。

開いた窓の前にぽつんと座り、青白い顔を暗い部屋のなかに浮かびあがらせ、ボンヤリと待っていた。生気のない顔は切れた電球を連想させた。白っぽくてざらざらしていて、埃《ほこり》でうっすらと汚れている電球。内側にある、頬や瞳を輝かせるためのかぼそい線が永遠に切断されている硝子《ガラス》の抜け殻。

女は赤鉛筆を握っていた。先が削ってある、子供用の箸程の長さの赤鉛筆を、懐剣のように握っていた。尖《とが》ったほうを膝の上で、切腹しようとするみたいに自分の腹に向けていた。

時折、思い出したように赤鉛筆をソロソロと目の前に掲げ、ちろりと猫のように濁った色の舌を出して先端を舐めた。そしてまた興味を失ったようにぱたりと赤鉛筆を握った手を膝の上に落とし、ジッと窓の外を見ているのだった。

女が見ているものはいつも同じだった。

女が居る二階の角部屋の窓の外には、庇《ひさし》に古い鳥籠が下がっていた。錆《さ》びた鉄製の、提《ちょう》灯《ちん》のような形をした鳥籠に鳥が入っていたことはなく、いつ見ても空っぽだった。

女はその鳥籠を日がな一日ジッと見上げていた。

そして、何かを待っていた。

たまに女は鳥籠に目をやったまま、唐突にケーッ、という奇妙な声を上げた。金属的なゾッとする声で、いちど叫び出すとなかなか止《や》まなかった。何度も何度も、目を見開き顔を歪《ゆが》め、誰かが「うるさいッ、静かにしろっ」と叫ぶまで繰り返すのだった。

孔雀《くじゃく》の声を真似ているのよ、と莢子《さやこ》が言った。

莢子はいろいろなことを知っていた。孔雀のオスは夜鳴くこともあるのよ、孔雀は森にいるの、森のなかで夜中にああいう声を出すんですって。

莢子はいつも、どんな話でもなんでもないことのように話した。

もしかすると和江《かずえ》さんは、ああして叫んでいる時、ほんとうに鳥籠のなかに孔雀を見ているのかもしれないわねえ。

孔雀の声を真似、日がな一日空っぽの鳥籠を眺めている女が、私の産みの母であると教えてくれたのも英子だった。

二

そう、あの頃はあれが私の世界の総《すべ》てだった。

太陽はなかった。

私は、あそこで太陽を見た記憶がない。私の世界はほとんどが夜で、世界が夜に沈んでいく短い黄昏《たそがれ》と、夜に尻尾のようにぶらさがっている、ほんの少しの夜明けとで出来ていた。

夜は華やいでいて、疲れていて、薄っぺらで、重くて、滲《にじ》んでいた。

赤みがかった、夢のような提灯の明かり。女たちの嬌声《きょうせい》と、すすり泣きと、誰かの罵声と、低く流れる歌声と、遠くで雷が響く音が、幾つかの小さな坪庭の上でぐるぐると鈍い渦を巻き、澱《よど》んで行き場を失っていた。

女たちがいて、顔のない男たちがいて、影のように行き交う年寄りがいて、明るく空っぽな闇の底でゆらゆらと影が揺れていた。回っていた。蠢《うごめ》いていた。

時々莢子は、私を月観台《つきみだい》に連れていってくれた。

彼女は月観台と呼んでいたけれど、それが本来の使われ方をすることはほとんどなく、大抵は女たちの肌着の物干し場として使われていた。いや、ほんとうは元々が物干し台で、莢子のほうが間違っていたのかもしれない。

それでも、狭い矩形《くけい》の板張りに座り、壊れかけた欄干にもたれかかって遠くを見るのはつかのまの気晴らしになり、莢子はいつもずっと黙って遠い山のあいだに少しだけ見える海に、悪い目を細めて見入っているのだった。

記憶のなかの海はいつも暗く、遠くの空にはどす黒い雨雲が垂れ込めていて、時折空に罅《ひび》が入ったかのような稲妻が数本、走ったかと思うと消えた。稲妻が消えると、ひと呼吸置いてお腹の底に雷鳴が響いてくる。私はその響きをおっかなびっくり楽しんでいたが、莢子は全くなんの反応も示さず、あの恐ろしげな音にも動じなかった。

あそこはどこ、と私は尋ねた。

あそこって、と莢子は気のない返事をした。

あのチラチラ光ってるところ、と私は山のあいだの小さな三角形を指差した。

夜の終わりよ、と莢子は答えた。

あそこで夜がおしまいになるの。

じゃあ、ここは、と私は尋ねた。

ここってどこ、と莢子はまた気のない返事をする。

ここは、と私は詰まる。そして、ぶっきらぼうに言う。

ここはここだよ、莢子と和江と文子《ふみこ》さんがいるところ。

ああ、そう、と莢子は冷たく答える。

夜の始まるところよ。ここから、暗い夜が始まるの。

莢子がそう言うと、あたかも本当にこの館の窓という窓から闇が噴き出して空を覆うところが目に見えるような気がした。短い黄昏をみるみるうちに覆い隠し、どんどん闇が重くなり、館を包んでいくところが。

だから、私の世界はいつも夜だった。

私の三人の母が棲《す》み、母たちにまつわる人々が棲む、あの奇妙な館から始まる夜と、夜が終わるところまでが私の総てだった。

三

ウミノハハとソダテノハハ、という言葉の意味が長らく分からなかった。たぶん、当時は最後まで理解できていなかったと思う。

絵本で『海彦山彦』の話を読んでいた私は、ウミノハハは「海の母」で、ソダテノハハの「ソダテ」はきっと山に生えている木かなにかの名前で、人は皆「海の母」と「山の母」を持っているのだと漠然と想像していた。

茨子の部屋には古い図鑑や画集が幾つもあったので、そのうち私の頭のなかで「海の母」は「ヴィーナスの誕生」になり、「山の母」は「モナ・リザ」になった。

赤鉛筆を握った和江が海の上で貝殻に乗り、茨子が腕を組んで微笑んでいる。私は海の上を飛ぶ顔を寄せ合った男女の片方。もしくは、海の上に散る花のひとつ。

茨子の部屋はいつもきちんと片づけられていて、この部屋だけ見れば、まるっきり平凡な女教師の部屋のようだった。茨子自身も、茨子ひとりを見れば、この部屋の持ち主にふさわしい堅気の女教師に見えたから、たとえば誰かにこの部屋を見せ、茨子を含めた若い女を十人くらい並べて部屋の持ち主を選べと言われたら、ほとんどの人は言い当てられたと思う。実際、彼女はよく勉強を教えてくれたし、優秀な教師だった。私がほんの少しだけ通った学校の教師たちより、よほど聡明だった。ただ、彼女があの館にいたということが異様だったのだ。

あの館の女たちには、共通した違和感のようなものがあった。ある意味過剰で、別の意味では欠けていた。しかし、莢子はどこまでもそのままで、地味で、堅気ではなかったのに堅気だった。だからこそ、もしかすると莢子は誰よりも大きな違和感を抱えていたのかもしれないが、同時に誰よりもあの館で自然にしていた。

しかし、今の私には分かっている。あの館の女たちは、決して特殊な女たちではなかった。館の外でも、女たちに変わりはない。どこかが余計だったり、欠落していたり、夜中に叫んだり、貝殻の上に乗っていたりする。よその誰かを蔑《さげす》み、妬み、謗《そし》り、陥れる。時にはすがり、あるいは手を差し伸べる。

それでも、記憶のなかの莢子の姿は変わらない。

白いブラウス、灰色のタイトスカート、紺のカーデガン。髪を耳に掛け、ページをめくりページに没頭する横顔。

月観台に所在なげに腰を下ろし、遠い小さな三角形を見つめている横顔。

莢子はいったい何者だったのだろう。

四

館は山の中にあった。

しかし、なぜか私は海を近くに感じた。理由は分からない。本物の海は遠くにちらりと光る小さな三角形でしかなかったが、時折、ふいに潮の香りを、寄せる波を感じた。

それは大抵夜中で、海の気配がいつのまにか暗闇のなかの私を包んでいることに気付き、飛び起きるのだった。

そんな時、私は洪水が押し寄せるという錯覚に怯《おび》えた。逆巻く波濤《はとう》が館を呑みこみ、みんな溺れてしまうのではないかという恐怖に震える私に、一緒の部屋に寝ていたヒサさんが、あれは風の音だ、松林を抜けてくる風が波の音に聞こえるだけだ、水じゃない、水じゃない、と半分寝ぼけた声で繰り返してくれるのだが、なかなか信じることが出来なかった。

洪水に怯えた翌朝は、いつも夢であることを確かめるために外に出た。

赤松の林を這い上ってくる風は、夜中に聞く音とは明らかに違っていた。言われてみれば潮騒に聞こえないこともない、という程度のものを聞き間違えるはずがない。

納得がいかず松林のなかを歩きながら、朝の館を振り返る。

館は眠りに就いたばかりだった。

私はいつも老いた水鳥を思い浮かべた。

羽を広げたような形の、和風で洋風で中華風の建物は、朝陽のなかでは恐ろしく古かった。あたかも、灰色の鷺《さぎ》が、夜通し飛び疲れて息も絶えだえにグッタリうずくまり、目を閉じて羽を休めているところのようだった。

館は奇妙な色をしていた。

屋根は黒の瓦葺《かわらぶ》きだったが、壁は何で出来ているのかよく分からなかった。煉瓦《れんが》なのかコンクリートなのか木造なのか、もしくはそれらが組み合わされて渾然一体《こんぜんいったい》となっているのかもしれなかった。その何なのか分からぬものが、色褪せたような金錆びたような、紫がかった灰色になっていた。それは、夏の終わりの黒百合の色を思い起こさせた。

窓はどこも八角形に大きく採ってあった。一階の窓の外は回廊のようになっており、幾何学的な模様の入った欄干も含め、中華風だった。そのいっぽうで池の上に張り出した座敷は茶室のようだったし、離れのようになったレストランは完全に洋風だった。

庭に統一感はなく、枯山水《かれさんすい》もあればバラ園もあり、菖蒲池《しょうぶいけ》もあれば稲荷《いなり》もあるといったふうで、いつも荒れる一歩手前のところで手入れが為されていた。

しかし、夕暮れが迫り、玄関に打ち水がされ、その打ち水に明かりが滲むような時刻になると館は一変した。

夜の底、昏《くら》い山の稜線の麓で館全体がひとつのランタンのように妖しい色に浮かび上がるのだ。

窓のひとつひとつが呼吸を始め、明かりが瞬《まばた》きをする。

レストランから流れてくる低い音楽。

コップがかちゃかちゃいう音、ボウイたちの殺気だった声、野菜を煮る甘い匂い。

館は闇のなかで覚醒する。老いた水鳥の現実など現実ではないと、今の自分こそが本物の自分であると、自信に満ちた声で宣言する。

特に、月のない冴えざえとした冷たい夜の館は美しかった。

館は、その名を墜月荘《ついげっそう》といった。

五

墜月荘の玄関を入ったところに帳場がある。

帳場の先で廊下は左右に分かれ、左はレストラン、右はラウンジになっていた。どっしりとした木製のカウンター。その後ろには重い臙脂《えんじ》色のビロウドのカーテン。墜月荘の会計はぜんぶここですることになっている。

臙脂色のカーテンの下には、いつも文子が立っていた。

和江がフィラメントの切れた電球だとすれば、文子は重い青銅の花瓶のようだった。表面にぎっしりと模様が描かれ、手に取ると予想以上に重く、少しふらついてしまうような花瓶。

文子は表情に乏しい女だった。くっきりとした目鼻立ちの割に受ける印象は薄く、時にはひどく抜け目なく、時には耐えがたく愚鈍に見えた。

文子は豊かな髪をいつも大きく結《ゆ》いあげ、重い色の着物を着ていた。中でもよく覚えているのは深い沼のような抹茶色をした着物で、あの着物を見る度になぜか憂鬱な気持ちになった。いつもニッキ味のしそうな瑪瑙《めのう》の指輪をして、置き物のように帳場に立っていた。

文子が飲んだり食べたり笑ったりしていた記憶はほとんどない。記憶のなかの文子はいつも立っていたし、帳場にいたし、同じ表情でカーテンの下にいた。客に対しては深々と頭を下げるけれど、その顔が笑っていないのも知っていた。

私は文子が苦手だった。

時に抜け目なく、時に愚鈍に見える文子は、本当のところはどういう人なのか、ジッと私を見る目が何を考えているのか分からなかったからだ。

しばしば、文子はこちらがたじろぐくらい、長いあいだ私のことを見つめていた。それは真正面からのこともあるし、遠くからのこともあった。

そんな時も、文子を覆うものはやはり重たく分厚くて、なかに熱いものが入っているのか冷たいものが入っているのか、ちっとも見当がつかなかった。

文子とあまり接触することなく暮らすことは可能だったけれど、全く接触しないでいることはむつかしかった。

なぜなら文子は私の監督者だった。

ウミノハハでもソダテノハハでもなく、名義上の私の母は文子だったからである。

六

私が墜月荘にいつ来たのかはよく覚えていない。

誰かに連れられ、車に揺られていた記憶はあるのだが、それが何歳頃なのか、一緒にいたのが誰なのかは分からなかった。

幼児期の記憶というのはドロップの欠片《かけら》みたいなもので、ほんの少し甘い香りが鼻先をかすめるけれど、味わおうとするとサッと溶けてしまい、たちまち茫漠とした灰色の海に見えなくなってしまう。

門柱のところで、何かを見上げていた。その首の角度、目線。そういった感触だけが身体の奥に残っていて、見上げていたのが人なのか建物なのかは全く覚えていない。とにかく、何か濁った色の大きなものが目の前にあって、そのとらえどころのない大きさが私を不安にさせていた。

ひとつだけ覚えているのは、お化けに会ったことだ。

そのことを後で莢子にも話してみたが、彼女は全く要領を得ない、といった表情で、私も自分があまりに馬鹿馬鹿しいことを言っているので恥ずかしくなり、やがて記憶もあやふやになってしまったので、その後、誰にもそのことは話していない。

墜月荘、という名前を知ったのもずいぶん後のことだった。

その字は帳場の脇の書類や、届く封筒の宛名でしばしば見かけていたものの、子供にはむつかしい漢字だったしただの記号にしか見えず、耳で聞いていた「ついげつそう」という響きとは長いあいだ一致しなかったのだ。

誰が付けたのか知らないし、恐らくなんとなく呼ばれていた俗称が名称に格上げされたものらしいが、うまい名前を付けたものだ。

今でも「ついげつそう」と呟《つぶや》くと、冴えざえとした月の光と、まどろむ獣のような不穏なたたずまいが蘇る。

天界より墜《お》ちた月。

それは不徳の果実か、罪悪の咎《とが》か否や。

もう少しして、おぼろげに墜月荘の全体像がつかめるようになった頃、その印象をひとことで言うと、不味《まず》そうなお菓子の家、だった。

そう思ったのは間違いないのだけれど、実はそれが墜月荘に着いた時のものなのか、それとももっとあとに思ったものかは定かではない。それというのも、「不味そうなお菓子」というのは、私が墜月荘でよく目にした、少し湿った糖衣の煎餅や、やたらと甘く硬くてボソボソしたきんつばや月餅《げっぺい》といった菓子の印象から来ている可能性もあるからだ。

七

古い記憶を探ると、小さな傷がたくさんついた黒い床柱がうっすらと焦点を結ぶ。

無数の人間の手が撫でたであろうその床柱は、一年中薄暗い、北側の八畳間にあった。

陰気な掛け軸のかかった床の間。たまに、申し訳程度の陰気な茶花が、陰気な花器に陰気に生けられていた。

部屋の少し奥まったところには、じめっとした布団の掛かった大きな炬燵《こたつ》があった。

炬燵の上の大きな青磁の皿にいつも置かれていた、かちかちの菓子。氷砂糖やバター飴もあったが、あの部屋はいつもじっとり湿っているので、たちまち菓子は湿気てしまう。その湿気った感じが嫌で、私はあの炬燵には近寄らなかった。

炬燵には志《し》のぶさんという、墨の色の入った丸眼鏡を掛けた年寄りがいつもうつらうつらしていた。赤いスカーフで頭を覆い、ガーゼのような飴色のマフラーを首に巻いていた。本当にいつもそこにいて、夏場ですら離れたところを見たことがなかった。

志のぶさんは炬燵とひと組になった置き物か静物画みたいだった。皺《しわ》のいっぽんいっぽんが鑿《のみ》で削り出したような深い模様を顔に刻み、鷲鼻《わしばな》で、恐ろしく青白い肌をしていた。いや、青白いという言葉を通り越して、古い蠟《ろう》細工のように半透明の灰色に固まりかけていた。目が悪いらしく、たまに炬燵の上を手探りして、蜜柑や菓子を手に取り、のろのろと皮を剝いたり、砕いたりしていた。身体は縮んでしまっているのに、手だけは異様に大きく指が長かった。全体の縮尺から逸脱したそれは、老女の身体に接ぎ木した、不気味な生き物のようだった。私はいつも、雪だるまに棒を刺して手袋をかぶせたところを連想した。

志のぶさんは、いつも膝に大きなビーズのがま口を抱えていて、猫でも撫でるかのように、そのビーズをのろのろ撫でさすっている。そのせいかあちこちほつれて、畳の上に小さなきらきらした丸いビーズがよく転がっていた。

私がそのビーズを拾い上げるとなぜか気配で分かるらしく、獣のような唸《うな》り声《ごえ》を上げる。落ちたビーズですらそうなのだから、身体を人に触られるのを極端に嫌った。誰かがたまに移動でもしてもらおうと肩を叩こうものなら、大騒ぎになる。ヒサさんは慣れっこになっていて月に一度ほど要領よく炬燵周りを掃除していたが、そのあいだも凄まじい金切り声を上げ続けるので、私はさっさと逃げ出した。

最初のうち、意思の疎通が困難な志のぶさんが怖かった。墜月荘に来たばかりの頃、八畳間は私の居場所でもあった。子供にとって、老人は珍しい生き物のようなものだ。その初めての遭遇が半透明の不気味な置き物みたいな老人だったのだから、戸惑っていたのだと思う。しかし、やがて慣れ、志のぶさんのいる炬燵のある八畳間という世界で一人遊びをすることが日常になった。

八

引っ込み思案で誰かに話しかけるのにも勇気を振り絞らなければならなかった私は、あまり周囲にあれこれ質問をする子供ではなかったし、質問できるような雰囲気もなかった。

自分がいる場所がとても奇妙な場所であるとは察知していたものの、そこで生きていくには余計なことは聞かないほうがいいという、弱い者特有の本能も働いていた。

墜月荘の奇妙さは、今も上手く説明することができない。

むろん、およそ道徳的な場所でないことは着いた時から本能的に知っていたと思う。辺鄙《へんぴ》な場所にひっそり佇《たたず》むという地理的な要因のみならず、その存在自体が持っている拭いようのない影。その影は、昼はもちろん、虚飾の燈火《とうか》に包まれる夜ですら館のそこここを広く覆っていた。むしろ、夜の華やかな灯りはいよいよ相対する影を濃くし、沖の漁火《いさりび》のごとく影を暗く彩るだけだった。

しかし、それだけではなかった。

墜月荘の奇妙さは、常に全体としてどこか上の空である、という点にあった。その場所のすべて、そこに棲む誰もがいつも何かに気を取られていて、手元がちぐはぐでバラバラなのだ。

あのそらぞらしさ、どこか現実感がなく浮世離れした感じ、女たちのカサカサした表情、やたらピカピカ光る硝子細工。ドッと笑い転げる人々、陽気な音楽や啜《すす》り泣くような歌声、ビール壜《びん》やお銚子の底に残った、気が抜けているのに鼻を突くアルコールの匂い。

あのような場所はどこでもそうだと言われるかもしれない。夜はお城の舞踏会、朝は魔法の解けたかぼちゃ。

だが、墜月荘の場合、すべての白粉《おしろい》が剝げ落ちた昼間ですら、そらぞらしさが消えることはなかった。容赦ない経済の論理や剝き出しの日常が支配する時間でも、墜月荘は何かに気を取られていた。

そして、何よりも奇妙なのは——その気を取られている何かが、経済の論理や剝き出しの日常以上にとても恐ろしいものだという感じがすることだった。

墜月荘には途切れることのない緊張感があった。もしかすると、一見上の空に見えたのは、怯えていたからかもしれない。何かをひどく恐れている人間は、しばしば注意力散漫に見えることがある。彼らの態度はそうともとれた——まるで、裏山に手負いの獰猛《どうもう》な獣がいて、いつもその存在が忘れられないというように。今にもその獣が裏の木戸を突き破り、自分たちを喰い殺しに来るのではないかと息を殺しているかのように。

ものごとをきちんと順番に思い出すのはむつかしい。

ひとは言う。もういちどはじめから、とか、時系列を整理して、と私に促す。

私はいつも虚《むな》しい笑みを浮かべて返事の代わりにする。

後か先かだなんて、ほんとうに分かるのだろうか。そもそも、順番というのはほんとうに順番通りなのだろうか。

日々塗り替えられ並べ替えられる私のなかのちっぽけな記憶。ボンヤリ口を開けていれば、嫌でも新しい出来事は向こうから飛びこんでくる。記憶という名の、極めて恣意的な挿話。忘れたいことは遠くの岸に押しやり、覚えていたいことは必死にもやいをつかんで繋ぎ止めようと腐心する。けれど、遠くに流したつもりの記憶が、ある日潮目が変わったり何十年かに一度のひどい嵐のあとで、姿を変えて波打ち際に打ち上げられていたり、もやいを握っていたはずの手はいつしか開いていて、跡形もなく舟が消え去ってしまったりするのだ。新たな出来事や大切なことは、過去や記憶に改竄《かいざん》を加える。ひとびとの過去は、書き替えられた無数の記憶で成り立っているのだから、私を含めすべてのひとびとの出来事を時系列順に並べることなどナンセンスだ。

だから私は、あの奇妙な日々について行きつ戻りつしつつオロオロと断片を拾い集めていくことしかできないし、それが正しい並び方なのか、それがなんの断片なのか明言することなどできないのだ。

墜月荘で流された夥《おびただ》しい血も、決してその例外ではなかった。

九

茨子はある日突然、私の世界に現れた。

墜月荘にやってきてしばらくのあいだ、八畳間の床柱と炬燵と志のぶさんが世界のすべてだったことは前にも述べたが、墜月荘での奇妙なことはまだあって、そのうちのひとつは、幼児である私がずっとほったらかしだったことだろう。

もちろんヒサさんは面倒を見てくれた。きちんと三食食事は与えられていたし、寝る場所も決まっていた。布団はよく干してあったし、お風呂にも入れてくれた。

しかし、基本的に私はいつもひとりだった。八畳間の隅で、おはじきをしたり、ビー玉を転がしたり、クレヨンで絵を描いたりしていた。もしくはじっとしていた。一か所でじっとしているのは苦痛ではなかったし、誰とも口をきかないのも平気だった。永遠にそんな日が続いていくように感じていたある日、カラリと障子を開けて茨子が入ってきた。

あの部屋のあの障子をカラリと開けられるのは茨子だけだった。

他の誰が開けてもギシギシと重く、途中で引っかかるのに、茨子だけは明るい音でひと息に開けることができるのだった。

あら、こんなところにいたのね。

莢子は私を見るなりそう言った。そもそも、私を正面から見て私だと認め、私にまともに話しかけたのは莢子が初めてだったような気がする。

どういうことなの。どうするつもりなの。

莢子はそう言って、廊下にいる誰かを振り返ると、その人とボソボソ話をしていた。

思えば、それは文子だったような気がする。文子はそれまでにも何度か見かけていたが、文子から私に近づいてきたり、話しかけてきたりしたことは皆無だった。

ボソボソ話はなかなか終わらず、私は少しずつ不安になっていった。話の内容が私に関することで、声の調子からいってあまり和やかな話し合いには思えなかったからだ。

シャラッ。

突然、志のぶさんが野太く叫んだので、私も莢子もびっくりして振り向いた。

が、莢子は笑顔を浮かべて、こんにちは志のぶさん、お久しぶりと部屋に入ってきた。

莢子が志のぶさんに触れるのではないかと、私は反射的に身体を縮めた。いつもの大騒ぎはごめんだった。

ところが、莢子はよく心得ていて、志のぶさんのすぐそばに屈《かが》みこんだものの、決して身体には手を触れなかった。驚いたことに、志のぶさんが何かボソボソと莢子に向かって話しかけている。

内容は全く聞き取れなかったが、莢子はうん、うん、そうね、としきりに頷《うなず》いている。会話が成立していること自体が驚異的で、私はじっとそのやりとりを見つめていた。

やがて莢子はパッと私の顔を見て、行きましょ、と言った。

私はそれが自分に言われていることなのかしばらく考えあぐねた。

莢子はそれを躊躇《ちゆうちよ》していると思ったのか、私の手を取り、立たせた。

どこに。

私が莢子に初めて発した言葉はそれだった。

勉強をしに。

莢子は短く答えた。

べんきょう、という言葉の意味は分からなかったが、私はその時の莢子の面白がるような楽観的な声の調子に好感を抱いた。

あんたはこどもなの、こどもはいっぱい勉強しなくちゃいけないの。

莢子はそう歌うように言い足すと、私の手を引いた。

分かったわね——ええと——B——

莢子が口ごもった。が、ちらっと畳の上を見て決心したように頷いた。

分かったわね、ビイちゃん。

しまいの言葉が、私のことを指すのだと気付き、私は莢子の顔を見て、その視線の先にあるものを見た。

私がビイちゃん、と呼ばれることが定着してずいぶん経ってから、私は莢子に聞いた。

あの時、莢子はビー玉を見て、ビイちゃんと呼ぼうと決めたの。

そうよ、と莢子はつまらなそうに答えた。

どうして。私はしつこく聞いた。

だって、あんた、ビー玉みたいだったんだもの。

莢子はのろのろと答えた。

どこが。私はなおも尋ねた。

そうね。莢子はようやく考える顔つきになった。

すきとおって、きれいで、あちこち転がるの。他のビー玉にぶつかれば飛んでいくし、自分では止まれない。しかも、ぶつかったら痛いのよ。

私には、荚子が何を言いたいのかさっぱり分からなかった。

＋

荚子の部屋で「べんきょう」をするようになり、ようやく私のなかで墜月荘という世界が形を取り始めた。

飾り気のない、まさに女教師の下宿然とした荚子の部屋に、毎日昼過ぎに私は「登校」した。

荚子の教え方は教科の別などなく、かなり型破りなものと思われたが、私には合っていた。その証拠に、読み書きなぞはめざましく上達して、半年もすると、内容が理解できるかどうかはともかく、一般書でもすらすらと読めるようになったほどだ。漢詩の読み方も教わったし、百人一首にもいっとき凝った。ギリシャ神話や聖書の話もしてくれた。

荚子には私が納得するまで繰り返し教える辛抱強さもあるいっぽう、非常にむら気なところもあり、乗らないなあ、と呟いて窓辺でボンヤリしている日もあった。私は教わったとおりに成果を上げるよい生徒だったので、基本的なことはほぼ教えたと思ったら私に対する興味も失ったのか、「乗らない」日は少しずつ増えていった。

「乗らない」時の茨子が見せる深い淵のようなものは私を怯えさせた。

そんな時、茨子は何時間でも全く変わらぬ姿勢で座っていた。私の存在など、完全に忘れ去っている。ふだんはむしろあっけらかんとして気さくな人だけに、あやつり人形の糸が切れたような状態になると、そこには見たことのない別の茨子が現れた。

糸が切れたほうの茨子は殺伐としてしどけなく、どこか荒《すさ》んで淫靡《いんび》だった。そんな茨子の姿にざわざわしたものも感じていたけれど、やはり不安のほうが勝っていた。私は自習をしたり本を読んだりして、茨子が「今日はおしまい」と言うのを待った。その言葉を聞かない限り、私は茨子の部屋を出なかった。二度と茨子が戻ってこないのではないかと不安になる日もあったけれど、なんとかすんでのところで踏みとどまり、茨子はいつも戻ってきた。何時間も無視していたことなどおくびにも出さず、見るともなしに私を見て、「今日はおしまい」と呟くのだった。

さようなら、とお辞儀をして茨子の部屋を出る時の私は、後ろ髪を引かれる思いと、一刻も早く立ち去りたい思いとにいつも引き裂かれていた。

十一

莢子の部屋を出ると「放課後」だ。

ほとんど学校に行ったこともなく行きたいとも思わなかったけれど、「ほうかご」という響きが気に入っていたので、ほうかご、ほうかご、と呟きながら館の中を探検するのが常だった。

料理部と呼ばれていたレストランが開店する五時までが、探検の時間だった。五時には部屋に戻っていなければならず、お客と顔を合わせることは固く禁じられていたからだ。

私のほうもよそから来たお客と鉢合わせすることなど願い下げだったので、人けのない中庭や裏庭で「放課後」を過ごした。

ぎりぎりの手入れしか為されず、統一感のない庭はグロテスクな絵本を思わせた。墜月荘とそこに棲む人々と同じく、庭の作者も何かに気を取られているとしか思えぬほど、いよいよ庭はちぐはぐだった。

奇妙な形をした自然石や、どうみても悲鳴を上げているとしか思えぬ表情の彫像があり、ずんぐりした塚のようなものがあるかと思えば打ち捨てられたような五百羅漢もある、といった調子で、何度見て歩いても印象は定まらなかった。

やたらと背の高いぶらんこもあった。

細い鳥居のような柱が二本天に伸び、てっぺんに渡した板から下がった二本の綱が、板の左右の穴を通して結んであった。おかしなことに、座る場所であるはずの板は明らかに傾いており、座ろうとしても片方にずり落ちてしまうのだった。

大人たちは、ギロチン、とか、絞首台、とか言って嫌がった。確かに、斜めのぶらんこの板は、斜めの刃を持つギロチン台そっくりだった。いつからあったのかは誰も知らず、乗る人もいなかった。

悪趣味ではあったが、子供にとっては格好の遊園地のような庭。

無秩序に植えられた木や花のおかげで私の植物の知識は増えたし、池に架かった細い橋のおかげで平衡感覚も鍛えられた。

また、庭は私に秘密の場所を与えてくれた。

子供は狭いところに入り込むのが好きだが、私も御多分に漏れずそうだった。

いつも一人きりだったものの、同時に周囲にはいつも大人の目があって、本当に一人になれる機会はめったになかったせいか、中庭に幾つかある私の隠れ処にこもるとほっとしたものだ。

ひとつは中庭の奥の外れにある、育ち過ぎた大きな棕櫚《しゅろ》の木のあいだだ。棕櫚はタワシみたいにごわごわした太いのが五本、円形に植えられていたが、真ん中に小さな空間があるのだ。後ろに回って、やや傾いて植えられている二本の隙間から中に入り、外側に向かって傾いている棕櫚にもたれかかってしゃがむ形に足を上げると、すっぽりといいかんじに身体が収まるのである。ここで膝の上に本を置き、ページをめくりながらぼんやり夢想に耽《ふけ》るのが好きだった。

もうひとつは中庭の別の外れにある古い井戸である。

井戸といっても、もうとっくに潰したのか潰れたのか、ほとんどが土砂に埋まって、私が中で腰を降ろしてようやく頭が見えなくなる程度の空間しか残っていなかった。けれども円形の石垣はすべすべしていて背中を押しつけると心地よく、中の石が昼間の光に熱を帯びているので座るとあたたかくて気持ち良かった。私はここでも本を読んだり、莢子が出した宿題をしたり、猫のようにうとうとまどろんだりした。

そしてもう一か所が、莢子とたまに登った月観台だった。ここも洗濯物さえ我慢すれば一人になれる場所であり、遠くに小さく光る海が見えて密《ひそ》かな解放感に浸れる場所だった。

しかし、私はめったにここには行かなかった。莢子と一緒であれば行ったけれども、一人では決して足を向けなかった。

なぜならば、一度一人でここに来た時、またしても、世にも恐ろしいお化けを見てしまったからである。

十二

墜月荘に着いて最初に見たお化けはもはや記憶もあやふやで正体も不明のままだが、月観台で見たお化けはやがてその正体が判明することになった。

それを説明する前に、墜月荘の「交流部」と呼ばれる場所について語らなければなるまい。

墜月荘は山間のわずかな平地に、細長い建物が増改築を繰り返す形で延びている。

門は一か所のみで、墜月荘を訪れた客は誰もがここを出入りする。玄関と帳場を抜けたところで廊下は左右に分かれ、左側が洋風のレストランであることは前にも言ったが、それが料理部にあたり、右に行けばそちらがラウンジである。お客はここでは下足番に靴を預け、幾つかの衝立《ついたて》で区切られた座敷に通される。座敷で座布団に座り、お茶を振る舞われる際に、なんらかの相談が行われる。相談が終わると、その奥の廊下で室内履きに履き替え、八角形の窓を持つ部屋が並んだエキゾチックな館に案内されるというわけである。

「交流」のかたちはさまざまだ。部屋だけを借りる時もあるし、そこに棲む髪の長い友人を訪ねていくこともある。当時「交流」を待つ女性がいったい何人いたのか、とうとう私には分からなかった。実際にそこに「棲んで」いる女性はそんなに多くなく、通ってきている者やお客と一緒にやってくる者のほうが多かったような気がする。

月観台は、この八角形の窓を持つ「交流部」を見渡すことができるのだった。

窓が大きいため、「交流部」の部屋どうしが見合うことはないよう造られているのだが、この月観台のとある位置からはどの部屋の窓も見えるのだ。

私が一人でそこに行き、そのことに気付いたのは、どんよりと曇った日ではあったが、蒸し暑い真っ昼間のことだった。

月観台に登っても、風はそよとも吹かなかった。幾つか干してあった洗濯物もだらりと垂れさがったまま、乾く気配もない。晴れていれば光の反射でそうと分かる遠い海の欠片も、今日は目を凝らしても全く見分けられない。

なんだかおかしな天気の時に来ちゃったなあ、と私はうんざりしながら周囲を見回した。

そして、遠くの景色に気が付いた。

八角形の窓が並んでいて、中に人が見えるさまは、人形の家を俯瞰《ふかん》しているかのようで、ちょっと不思議な眺めだった。

昼間だからほとんど人はいなかったし、いても休んでいるところだったから、そんなに動きがあったわけではない。

しかし、その景色をじっと眺めているうちに、私は自分が異様なものを目にしていることに気付いたのである。

最初のうち、なかなかそのことに気付かなかった。

赤い着物を着た女の人がいる、ということは認識していたが、その女の人が異様な状態でいることに気付くまでしばらく掛かった。

妙だな、と思ったのは、窓辺に掛かった鳥籠がきっかけだった。

「交流部」の館のひと部屋ひと部屋は天井がかなり高く、窓も高い。鳥籠は、張り出した庇の下に掛かっているので、これまたけっこう高い位置にあるのだ。

鳥籠は空っぽだった。鉄製の装飾的な意匠のもので、重そうだった。むろん、風のないこの天気だし、ぴくりとも動かない。

そして、その隣に女がいるのだった。

女は鳥籠に話しかけているように見えた。鳥籠の中の見えない何かに向かって、微笑みかけ、しなをつくり、うっとりと声をかけている。

問題は、女のいる位置だった。

女は、鳥籠を斜め上から覗《のぞ》き込み、てっぺんに手を掛けていた。

変だ、と唐突に私は思った。

普通に立っていて、あんなふうに鳥籠を覗き込めるはずがない。

そう思ってもう一度部屋の中を見てみると、女の頭は窓の上の桟のぎりぎりのところにあり、天井につかんばかりだった。

あんなに背の高い女の人がいるのだろうか。

目にしているものの事実を把握しても、私は懐疑的だった。脚立《きゃたつ》か何かに乗っているのかもしれない。

そう思った瞬間、女はすうっと外に出た。

二階の窓の外である。

文字通り、真横にすっと平行移動したのだ。

浮かんでいる。

そう口の中で呟いてみても、私はまだ夢でも見ているような心地で、自分が異形のものを見ているとは認められなかった。

しかし、確かに女は窓の外にいるのだ。鳥籠に笑いかけながら、蒸し暑い昼間の空中に浮かんでいる。

着物の裾とほどけかけた帯がだらりと垂れさがり、足は見えなかった。

私は混乱していた。これはいったい何なのだろう。どう説明すればよいのだろう。

身動きもできず、目を離すこともできなかった。

女は相変わらず鳥籠に向かってぺちゃくちゃと話しかけ続けている。

その時、ふと、部屋のなかにもう一人誰かがいることに気付いた。

男の人である。

その人は、部屋の中で正座していた。

仕立てのいい背広を着て、ぴしりと背筋も伸びている。遠目にも、綺麗に撫でつけられた髪や風情から、人品卑しからぬ紳士のように見えた。

しかし、その人は、じっと畳の上に目をやり、全く上を見ようとはしなかった。目を上げれば、宙に浮かんでいる女が視界に入るはずなのに、頑《かたく》なに畳に目をやっている。表情は見えなかったが、打ちひしがれているようにも、怒っているようにも見えた。その人の周りだけ重く沈んで、紗《しゃ》が掛かったようにぼんやりと暗く見えた。

ほんの短いあいだ、その男の人に目を留めただけだったが、再び女に目を戻すと、女はこっちを見ていた。

心臓をつかまれたような気がした。

離れているのに、目が合った。

見ている。私を。

間違いなく私を。

女の目が、見開かれるのが分かった。

突然、女の顔が爆発したように十倍くらい大きくなった。

私は声にならない悲鳴を上げた。

身体はだらりと空中に浮かんでいて、さっきと同じ大きさなのに、顔だけが大きくなって、私を睨みつけているのだ。

思わず後ずさりをしたが、腰が抜けてしまって、立ち上がることができない。

女の目は更に大きく見開かれ、こちらをひたと見据えている。口が大きく裂けたような凄まじい憤怒が顔いっぱいに広がり、赤くぬめぬめした唇から赤黒く長い舌がびろんと飛び出した。

こっちに来る。

今にもヒュッと音がして、女の顔が月観台に飛び込んでくるような錯覚に襲われた。

こっちに来る。

全身が粟立《あわだ》つような恐怖に襲われ、私はようやくその場を逃げ出した。どんなふうに月観台を降りたのか、どうやって部屋に帰り着いたのかは覚えていない。

見てしまった、見てしまった、どうして見てしまったのだろう。

後悔しても仕方がないのに、私はずっと後悔していた。月観台に行ったこと、交流部を見てしまったこと、すぐに目を逸《そ》らせばよいものを、長いあいだ見つめていたこと。

お化けを見てしまった、あんなにはっきりと。

私は布団に飛び込んで泣いた。あんなに後悔したことはそれまでになかった。

だが、本当の恐怖はその後にやってきた。

ふとしたきっかけであの鳥籠の部屋の住人を知ったのだ。

長期療養中の和江という女性。儚《はかな》げな、折れそうに細い女性。

自分の世界にこもった女、日がなじっと座りこんだまま赤鉛筆を手に空っぽの鳥籠を見つめている女、時折孔雀の鳴き声を真似る女。

その女は、あの時見た化け物と全く同じ顔をし、同じ着物を着ていた。

そして、その女が私の産みの母だと知らされたのである。

十三

結局、私は誰に向かっても「お母様」と呼びかけたことはなかった。最後まで、誰に対してもこの人こそ私の母だという確信が持てなかったせいもあるし、誰も私にそう呼ばれることを望んでいるとは思えなかったからでもある。

ほんとうに、私には母がいたのだろうか。

根本的な疑問がふと湧いてくる。

それはほんとうにあの三人だったのだろうか。もしほんとうだったとしても、誰か一人が私を孕《はら》んだのではなく、三人が自分たちの一部を無造作にちょっぴりずつ削り取り、適当にこね合わせてこしらえたのが私なのではないだろうか。

物心ついた子供が誰しも抱く幻想が、私の場合、厳然と目の前に姿形を現しているのだった。しかも、バラではなくひと組で。

まるでどこかで聞いた昔話のようだ。私がお母さんだよ。三人が名乗り出る。名奉行《ぶぎょう》が言う。この子を三つに割いて三人で分けよ。

あの話は、お奉行様のおおせなら、と言った女と、そんなことをするならこの人に渡します、と言った女に分かれ、後者が本物の母だと奉行が判断したことになっている。

それが名裁きだと言われているのだからあきれる。子供が欲しいという点では二人とも同じなのだから、どっちだって子供に怪我はさせたくないだろうし、そもそも裁判になるほど所有権を主張しあうような事件で「お奉行様のおおせなら」子供を死なせても構わないなど と、ふざけたことを言う女などとてもいそうにない。

しかし、そう否定しつつも、私はこんな場面を想像してしまう。

私が母だと名乗り出た荻子と和江と文子は、三つに割いて三人で分けよ、と言われたらあっさり納得してしまうような気がするのだ。

お奉行様のおおせなら。それはいい考え。御裁きに従います。

三人がかわるがわるそう頷きあうのが目に見えるような気がした。

ちょっと待って、話が違うんじゃないの。

私は取り押さえられながら、慌てて叫ぶ。

そうじゃないでしょう、ここはみんなで譲り合う場面でしょ、私を愛しているのなら私の身体が三つに引き裂かれることなど我慢できないはず。

私がそう叫んでも、三人はしらっとした表情で私を眺めている。

私は悲鳴を上げる。斧《おの》が振り上げられ、振り下ろされる音。

三人は、自分たちの目の前で引き裂かれ、バラバラになる私をじっと見つめている。

私は目の前が真っ赤になり、三人の無表情な目を網膜に焼き付けたまま息絶えていく――

その想像はあまりにもリアルで、三人の女たちがバラバラになった私の身体を油紙に包んでめいめい平然と持ち帰るところまで思い浮かべてしまった。

それほど三人の女と私とのあいだには距離があった。莢子にいちばん親しみを覚えていたけれど、それでもやはりどうしても越えられない部分があった。

和江はいつも人形としか感じられなかったし、文子を見ると「手続上」という言葉が浮かぶだけだった。

手続上。

文子がなぜ私の名義上の母になったのか考える。恐らくは、経済力があったためと、対外的にはそれがいちばん便利だったからだろう。

実際、墜月荘の墜月荘らしいところを最も体現していたのは文子だったし、現実的な助言やヒントをくれていたのも文子だった。

お客に顔を見せないこと、誰かに聞かれても自分のことは話さないこと、墜月荘の外には出ないこと。それらは皆文子に厳命されたことだった。不思議なのは、面と向かってそうはっきり言われた覚えはないのに、それらは文子に指示されたことであり、ここで生きていく限りは必ず守らなければならないという気にさせられたことである。

ひとつだけ、面と向かって言われたことが印象に残っている。

いつだったか、補修工事か何かが入っていてどうしても居場所がなく、帳場の隅で宿題をやっていたことがある。

私が算数の問題に頭を悩ませていると、文子が呟いた。

なぜ、なんて考えちゃだめだよ。

話しかけられたと気付くまで時間が掛かった。てっきり、文子はお客か従業員と立ち話をしていると思ったのだ。

しかし、声は続いていた。

なぜ、はときどき重すぎるんだよ。自分がしょってるものの重さを確かめるのはやめるんだ。とにかくいったんしょった荷物は運ばなきゃなんない。運び終わって放り出してみて、初めてそこでこんなに大きかったんだと驚けばいいのさ。

文子は無人の空間に向かって話しかけているように見えたが、やはりそれは私に話しているのだった。

何の話をしているの。

私はこわごわ聞いてみた。

さあ、なんの話だろうね。

文子は相変わらず向こうを向いたまま呟いた。

少なくとも、算数の問題のことじゃないのは確かさ。

でも、この滑車の問題、むつかしいよ。

私は宿題の内容とごちゃごちゃにして、そう言った。

文子が小さく「くっ」と笑い、ほんの少し肩が震えたのが分かった。

私が文子を笑わせたのは、これが最初で最後だったと思う。

十四

墜月荘にはいろいろなお客がやってきた。

文字通り、さまざまなお客だ。来てほしい客、来てほしくない客、金払いのいい客、面倒な客。明るい客、陰気な客、変わった客、嫌な客。

たまに、もめ事も起きた。割れ鐘のような怒号、重なり合う悲鳴、バタバタと廊下を駆ける音。

遠くの部屋にいても、何か「面倒な」ことが起きたことは分かったが、実際に誰がどうやって収めているのかは知らなかった。

ようじんぼう、という言葉を聞いたのはいつだったろう。中華料理かロシアの焼き菓子の名前みたいだと思ったので、印象に残っていたのかもしれない。

墜月荘の用心棒役は二人いた。二人とも、ふだんは裏方で、お酒や荷物を運んだり、塀の修理をしたり、風呂を焚いたりしていた。

一人はまだ若く、とても大柄だが動きは機敏で、どこかあどけなさも残している青年で種《たね》彦《ひこ》さんといった。

短く切った髪には、かつて頭部にひどい怪我をしたことが窺《うかが》える星形の大きな傷痕が透けて見えた。

どうしたの、痛そうだね、と何かの時に尋ねたら、全然覚えてねえす、と恥ずかしそうに答えた。

どっかから落ちたらしいのす、だけど目が覚めたら昔のことぁ全然覚えてねかったっす。

本の中で記憶喪失について読んだことはあったが、現実にそんな目に遭った人に会うのは初めてだった。

種彦さんはお相撲でもやってたんじゃないかねえ、あの体格だし、身体も柔らかいし、きちんと誰かについて訓練していた身体だよ。

周囲ではそう噂《うわさ》していたが、種彦さんは今の仕事に満足しているらしく、黙々と日々の仕事をこなしていた。

もう一人は、種彦さんの先輩にあたるマサさんという男性で、これまた無口でちっとも目立たない人だった。

マサさんはもう年配と言ってもいい歳だったが、中肉中背の身体は強靱《きょうじん》で鍛え上げられていた。物静かで声を聞いたこともなかったが、よく見ていると、みんなに頼りにされているのが分かってきた。

用心棒という言葉と二人はなかなか結びつかなかったし、ずっと別々の言葉でしかなかったが、やがて結びつく機会がやってくることになる。

十五

僕が月を見ると、月も僕を見る。

莢子が貸してくれたイギリスの童謡の本に、そんな歌詞があったのを覚えている。

墜月荘での歳月には、しばしばその歌詞を思い起こさせるような月夜があった。

夜中に何かの気配に目を覚ましてしまい、あまりにも静かでかえって眠れなくなってしまった夜。

目覚めた理由を探して起き上がり、恐ろしいほどに寝静まった廊下で立ち止まると、窓の外にその気配の主を見つけるのだ。

白く輝く上空の月。

この月は何番目の月なのだろう。

私は色彩を失い、青白く透き通って見える自分の指をしげしげと眺める。

墜月荘だけではない、墜とされた月はこれまでも無数にあっただろう。その都度、新しい月が生まれ、育ち、あそこまでのし上がるのだ。

私はじっと月を見上げた。

それは不徳の果実か、罪悪の咎か否や。

その時、私の耳は何かをとらえていた。

誰かが歌っている。

静けさゆえの幻聴かと思ったが、やはり遠くから声は聞こえてきた。

男性の声。

私はふらりと歩き始めていた。

ご不浄にも行ったし、暖かい布団に戻るべきだと思っていたが、足はするすると声のほうに引き寄せられていく。

深夜といっていい時間だ。館内は静まりかえっているし、誰も起きている気配はない。

どこかで文子の声が聞こえた。どうやら、私の内側からのようだ。

お客に姿を見せてはいけないよ。

そのとおりだ、顔を見せてはいけない。私はもっともだと思い、内心頷いていた。

しかし、足は止まらない。

長い廊下の奥から、その声は聞こえてきた。近づいていくと、何やらぱんぱんと手をはたく音も響いてくる。

どうやらそれは、待合室のある座敷から聞こえてくるようだった。

私はそっと座敷に近づく。もう少しで中が見えるはずだ。

朗々とした声と、それに合わせて手を叩く音が座敷に響いている。

なんと言っているのか歌詞は聞き取れなかったが、よく通って艶のある、美しい声だというのは分かった。

そして、部屋の中にはゆらゆらと影が動いていた。

明かりは落とされ、部屋の中に幾つか蠟燭《ろうそく》が灯されており、影が動くにつれて炎も揺れているのだった。

蜘蛛《くも》が踊っている。

そう思ったのは、誰かが蜘蛛の巣を描いた着物をすっぽりとまとい、扇子をかざして舞っているのだった。

それは奇妙な光景だった。

蠟燭の炎の揺れる真夜中の座敷で、白っぽい背広を着た男が正座して歌い、蜘蛛の巣の着物を羽織った誰かが舞い、更にもう一人、着流し姿でだらしなく胡坐《あぐら》をかき、手を叩いている男がいる。

夢でも見ているのかと思い、また何か異形のものを見ているのかと怯え、同時に私は強く魅入られていた。

ここにもまた月が墜ちてきたのだろうか。

そう思ったのは、音もなく舞い、着物が揺れ、蜘蛛の巣に炎の色が反射するのを見ていると、月の光が座敷に下りてきたかのように見えたからだった。

舞い手は、右に左に移動し、くるくると回った。かなり激しい動きなのに、全く途切れず、澱まず、何より全く足音がしなかった。

やがて曲の終わりが来た。

歌い終わった男は、深々と一礼した。

着流しの男が、ぱんぱんと拍手をする。

いやはや、たいしたもんだ。眼福、眼福。子爵《ししゃく》の謡いも実に素晴らしい。すまんな、ほんとはここでひとつ、僕も鼓でも打てればいいんだが、僕はそっちの方面にまったく才能がなくってねえ。下手くそなあいの手で失礼した。

着流しの男は、甲高《かんだか》い声で興奮したように叫んだ。

子爵と呼ばれた男はいやいや、と座り直した。

やっぱり、素晴らしいよ、久我原《くがはら》。

顔を上気させ、背広の男は着物を羽織った舞い手を見上げた。

しばらく練習してないなんていって、ちっとも衰えてないじゃないか。贅沢なもの見せてもらったよ。僕たちだけだなんて、もったいないな。

いや、駄目だ。

涼やかな声がした。

ぱちんと扇子が閉じられ、ふわりと着物が下ろされた。

鍛えてるつもりだったが、やっぱり使う筋肉が少しずつ違うらしい。もう一度造り直さないと駄目だな。

溜息混じりの声。

そうか？　僕はじゅうぶん素晴らしいと思ったがな。

背広の男は不満そうに首をかしげる。

ま、いいじゃないか、呑もう。まだ酒はある。

着流しの男が、素っ頓狂な声で御猪口《おちょこ》を取り上げた。

私は、会話など耳に入らなかった。

そこに立っている舞い手から目を離すことができなかったからだ。

蜘蛛の巣の着物をまとい、音もなく月の光のように舞っていたのは、若い男だった。

そこに立っているのは、あれだけの舞いを見せたあとで息ひとつ切らさず、冴えざえとした表情で立っている、カーキ色の軍服姿の男だったのである。

十六

正直なところ、あの夜のことは今でも半分夢だったのではないかと思っている。

蠟燭の灯りに浮かび上がった蜘蛛の巣の衣装も、男たちの会話も、冴えざえとした月すらも。

その後の彼らとの関わりののち、出逢いはこうだったはずと勝手に作り出した私の夢かもしれないと。

あんな一幅の絵のような場面を、本当に私は見ていたのだろうか。

だらしなく座る笹野《ささの》、背筋を伸ばし正座する子爵、扇を構えて立つ久我原。

莢子に見せてもらった西洋の絵画のような、見事な三角形の構図。けれど、あんなふうに見えていたのなら、当然私も彼らから見えていたはずだ。実際、久我原は最初から私に気付いていたようだが、他の二人が気付かなかったというのは解せない。

それより、こうして思い返してみると、目的が明白な交流部においても、意外に男だけの宴席が多かったことに驚かされる。むろん、「交流」のほうは密室で秘めやかに行われていたせいもあるし、覗き見ることができるのはそういう宴会だけだから当然なのだが、印象に残っているのは男たちがえんえん語り合っていた姿ばかりなのだ。

時に声を荒らげ議論する男たち。かと思えば歌ったり笑ったり、子犬のようにじゃれあったり。あるいは、何時間も黙り込んだままむっつりと煙草を吸っていたり。

何を話しているのか聞こえなかったし、聞き取れてもせいぜい断片だけ、ましてや内容など理解できなかったけれど、私は男たちがそうやって「つるんで」いるのを見ているのが好きだった。そんな時ばかりは、墜月荘も十八世紀の優雅なサロンのように見えた。

次に彼らに会ったのは、あの夢のような晩からひと月も経つ頃だったろうか。

私は例の棕櫚の木のなかの秘密の場所で本を読んでいた。しかし、むしむしした天気の日で、棕櫚の中にも湿った空気がこもり、服もじっとりと湿っているような気がして嫌になってしまい、早々に引き揚げようと外に出たら、笹野が五百羅漢の前にしゃがんでボンヤリ煙草を吸っているところに出くわしたのだった。

当初、男があの時座敷で胡坐をかいていた男だとは気付かなかった。

男には、顔がなかった。

どきっとしてよく見ると、男はひどく無表情なのだった。またお化けを見たのかと思ったが、どうやらそうではなさそうだと確認し、ホッとしたのを覚えている。

更に観察すると、男は何かを思いつめているようにも見え、すべてを放棄して弛緩《しかん》しているようにも見えた。しかし、肩のあたりにささくれて荒んだ輪郭があって、見ているこちらまで冷たい手で頬を撫でられたような心地になった。

思えば、あんな顔をその後何回も見た。いや、顔というよりも輪郭だろうか。肩から背中にかけて、毛羽立ったように輪郭がザラザラしてかすれて見える。そんな輪郭を持った人間は、決まって顔もなかった。

しばしば客の中の一人にそんな輪郭を見て、私がそう指摘すると女たちは不思議そうな顔をした。しかし、しばらくすると決まってその客の訃報を聞くことになるのだった。

女たちは気味悪がり、やがて「あの客はどうか」とソッと私に尋ねてくるようになった。

そう、あれは死相だった。

私がもう一度棕櫚の中に隠れるべきか躊躇していると、男は私のほうを見てニコッと笑った。その笑顔で、あの晩座敷にいた男だと気が付いた。

男はいつも着流し姿だった。ひどく痩せていて、頬骨や鎖骨が浮き出ているのが見えた。無表情でいると貧相で殺伐とした様子なのに、笑うと印象が一変した。子供のように愛嬌があって、人なつこくて、その笑顔は老若男女を魅了した。

彼は酒呑みでだらしがなくて淋しがりやで、誰かといる時はいつもニコニコしていて精一杯愛想を振りまくのだった。

笹野という名前を知ったのはいつのことだったろう。実は注目されている作家であることや、惚れっぽくて好きになった女の人のところにすぐ転がりこんでしまうことや、墜月荘に来る時はいろいろ面倒を起こして女の人から逃げていることが多い、という逸話を誰から聞いたのか。

　ともかく、笹野はにっこり笑って「やあ、こんにちは」と挨拶をしてきたので、私もおどおどしつつ「こんにちは」とおじぎをした。

　まだ開店までずいぶん時間があったから、前夜から泊まっていたに違いなかった。

「こいつは驚いた。棕櫚の木からお嬢ちゃんが出てきた。かぐや姫ならぬ棕櫚雪姫というところか」

　笹野は自分の語呂合わせが気に入ったのか、くすくすと口に手を当てて笑った。

「こないだといい、今日といい、いつも意外なところから現れるね。次あたり、桃の中から出てくるんじゃないかな」

「お客さんと話しちゃいけないの」

　私は口ごもりながらそう言った。さっさとここから立ち去ればよいと分かっていたが、笹野にはどこか離れがたいところがあった。

「そうだろうねえ。うん、まったく正しい言いつけだ。赤い褥《しとね》の夢の館に来る淋しい野郎どもに、君みたいなお嬢ちゃんは間違っても近寄っちゃいけない」

笹野は歌うように言った。

「おじさんは何してたの」

私は距離を置きつつも話しかけていた。

「うん？　おじさんは何してたんだろう。おじさんは」

笹野はくるくると目玉を回した。

「おじさんは、呪いについて考えていた」

「のろい」

「うん。愛の言葉ともいう」

笹野はしれっとそう言った。

私は面喰らったまま彼の顔を見ていた。

「そもそも、愛の言葉というのは実に強力な呪いなんだ。相手も縛るが放ったほうも縛る。最初のうちは縛りも心地よい。どこかの国じゃ、産まれたばかりの赤ん坊の全身を、身動きできないくらいに布でキッチリと縛る。そのほうが赤ん坊も安心してよく眠れるらしい」

笹野は斜め上に煙草のけむりを吐き出しながらスラスラと続けた。

「だが、そのうちに赤ん坊もハイハイをしたくなる。心地よく縛られていた布が重い鎖にも感じられてくる。呪いをかけたほうもかけられたほうも次第に呪いが重くなって、酸っぱくなって、じくじく腐ってくる。腐ったところから毒が回って、病気になる」

話の内容はちんぷんかんぷんだったものの、私はじっと聞いていた。笹野は私が聞いていようがいまいが構わぬ様子である。

「どこかですべてが反転する。その境目が知りたいなあ」

笹野は煙草をくわえたまま、子供のように膝を抱えた。

その時、私は「母性本能をくすぐる」という言葉を思い浮かべていた。噂には聞いたことのある言葉。おのれの三人の母親の経験からはおよそ理解できない言葉だったが、膝を抱えて所在なげにしている笹野の姿は、なるほど、あれはきっとこういう時に感じるべき言葉なのだと直感したのだった。

「ネ。お嬢ちゃんもよく覚えておくといい。愛の言葉なんかめったやたらと使うもんじゃない。呪いをかけるに等しいものなんだから、ネ」

笹野はフラリと立ち上がり、振り返りもせずにゆるゆると去っていった。

私はぽかんとその後ろ姿を見送った。

愛の言葉は呪い、という一文だけをどこかに焼き付けて。

十七

時系列。

またしても、時系列だ。どれが先でどれが後なのか、それが私を悩ませる。

個別に会ったのは笹野が最初だ。次は誰だろう。子爵か、久我原か。

子爵といえば、あの部屋の話をしておかなければなるまい。

開かずの間。

陰惨な伝説に彩られてきた部屋の話を。

私はその話を子爵その人から聞いたのだった。

子爵は、見た目はかなり若かったのに、物知りだった。どんなえげつない話題でも彼にとっては単なる知識のひとつで、涼しい顔で気の利いた話題にしてしまえる人だった。

不思議なもんだね。死者は淋しがりやだ。常に道連れを求めている。

子爵はいつも悠然と話し出す。それがどんなに悲惨な内容でも、どんなに場違いな話題でも。

その部屋は、料理部でも交流部でもなく、少し外れたところにあった。

池の上に張り出した茶室。

どちらかといえば、墜月荘でも日当たりのいい場所にあるはずのその部屋は、なぜかいつも薄暗い印象があった。誰もがなんとなくそこには行きたがらなかったし、私も存在は知っていたが、近付いたこともなかった。

外から茶室を見ると、目立つ造りの割に奇妙に影が薄い。そこだけ紗が掛かったようにぼんやりと灰色なのだ。

池もその辺りはどろりと澱んで、蓮《はす》の葉が重い色の水面にみっちり貼り付いているさまは辛気臭い眺めだった。

そもそも、墜月荘の性格からいって、茶室があること自体が不思議だった。夜だけ蘇る館で、茶室の存在そのものが鬼子のように浮いていた。

夜のお茶事もないわけじゃない。

子爵はそう言った。

茶室といっても、かなり広い。十畳くらいの広さがある。炉は切ってあるが、専ら宴会場として使われていた。水屋のある控えの間もあったが、長いこと本来の目的で使われたことはなさそうだった。

二面を雪見障子に囲まれた部屋は、やはりどことなく薄暗く、ひんやりした空気が漂っていた。

なぜ、いつ私は子爵とあの部屋に入ったのだろう。私は子爵の隣で、子爵の身体に隠れるようにして雪見障子の向こうの池を眺めていた。

いびつだなあ。

子爵は天井や床の間を見回し、そう呟いた。

どうもちょっとずつバランスが悪い。ホラ、よく見ると天井の四つの辺が同じ長さじゃない。どうしてだろう。

彼が指差した天井を見上げたが、私にはよく分からなかった。

なんでも、腹を切って死んでたらしいよ。

子爵は世間話のように話し始めた。

思わず彼のことを見上げたが、子供相手に不適切な話題だとは思っていないようだった。

最初の死者のことだ。どこのじいさんでどうしてここでだったのかは知らないけど、畳を全部換えなきゃなんないほど血が飛び散ってたんだとさ。

彼はなぜか小さな笑い声を立てた。

まさに、あの年寄りのどこにそんなにたくさんの血があったのか、だよ。

子爵はゆっくりと部屋の中を歩き回った。

そりゃそうだ、腹をかっさばいたって人はそう簡単に死ねない。だから介錯《かいしゃく》ってもんが必要になる。なんだってそんな方法で死ななきゃならないのか。

子爵は、考えごとをする時歩き回る癖があるようだった。そして、その内容を口にする癖も。

これだけでもじゅうぶんケチがついたというのに、そうあいだを置かず、次の死者が出たんだ。交流部にいた若い娘が、夜更けにこの部屋で、一人短刀で喉を突いたのさ。

またしても、畳は血まみれ。でも、彼女は自分の足を腰紐で縛って、行儀よく身体を縮めて死んでいた。畳は一畳だけの交換で済んだとか。

そこでまた、子爵はフッと笑った。

ただ、雪見障子に小さく血飛沫《ちしぶき》が飛んでいたそうだ。ぽつんと、一か所だけ。

子爵と私は、同時に雪見障子を見た。むろん、そこには血の痕跡などない。綺麗に貼り替えられた白い障子があるだけだ。

それ以来、ますます誰も近寄らなくなったのに、とどめの事件があった。

子爵はうろうろと畳のへりに沿って部屋の中を歩き回った。

建物の大きな修繕工事があって、どうしても空き部屋がなく、ここで寝ていた男衆が、朝になったら亡くなっていたんだと。苦しんだ跡もなく、どこからどうみても自然死だったらしいが、この部屋のせいだとみんな震え上がってしまった。

子爵は肩をすくめる。

そんなこんなで、いよいよ「開かずの間」と呼ばれるようになったわけだが。

突然、子爵は言葉を切った。

その口調に、私は子爵の顔を見る。子爵は真顔でジッと天井を見上げていた。

やはりこの部屋はどこかおかしい。ずっとここにいると、よくないものが精神にじわじわと染みてくる気がする。

だけどね、と子爵は無邪気な目で私を見た。

僕は時々、ここに来たくなるんだよ。

どうしてですか、と私は尋ねていた。

こんな気味の悪いところなのに。

そうもごもごと呟いた私に、子爵はふわりと奇妙な笑顔を浮かべてみせる。

さあね。なぜなのか、僕も知りたいね。

十八

記憶は迂回《うかい》する。

逡巡《しゅんじゅん》し、周辺をさまよう。

私はためらっている。あの夜のことを思い出すのを。いや、私はいつも思い出しているのだ。あの夜のことを繰り返し、出がらしの紅茶から未練がましく香りを嗅ぎとろうとするかのように、何度も何度も。

笹野と初めて言葉を交わした。子爵と開かずの間の茶室で話をした。それはいわば周辺の記憶であり、中心ではない。

中心はいつもそこにあって、動かない。少なくとも、私の中では。

「そんなところに隠れていないで、出ておいで。前もそこで見ていたね」

びくっと身体が震えたことを繰り返し思い出す。柱に当てていた指が震えたのを見たのも覚えている。

彼が私を見たあの瞬間。視線を合わせたあの瞬間へと、記憶はいつも戻っていく。

彼が舞っているのを見たのは、結局三回だけだった。最初に続けて二回見たあと、彼は誰に促されても舞わなくなってしまったからだ。

身体が動かない。すっかり筋肉の付き方が変わってしまった。重心の位置も分からなくなった。職業のための肉体になってしまった。

そう無表情で呟いた声を覚えている。

二度目に舞ったあと、扇を閉じて下ろす時の苦い表情を覚えている。

そのあと、彼は私に声を掛けたのだ。

私が初めて彼が舞ったのを見た時から、既に彼は違和感を覚えていたのだろう。職業軍人としての身体と舞踊家としての身体が異なることは容易に想像できる。

それでも、私は彼のカーキ色の軍服に、いつもあの蜘蛛の巣の衣装を重ねて見ていた。彼が歩く姿に、華麗な足さばきと扇を操る手さばきを見ていた。

やはり、月の美しい晩だった。

最初の晩に比べると、雲が多くてやがて月を隠してしまったけれど。

「放課後」をぼんやり過ごしていると、車が停まり、誰かがやってくる気配がした。

複数の声が重なりあって流れてくる。

甲高く能天気な声に聞き覚えがあって、思わず背筋を伸ばしていた。落ち着いた声との組み合わせにも覚えがあった。

もしかして、このあいだの。

私はそっと身体をかがめて庭を移動し、交流部に向かう廊下の窓に、着流しの男と背広の男の姿を見つけた。

胸の動悸が激しくなるのを感じる。が、二人の前後に目を凝らしても、カーキ色の軍服は見当たらなかった。

今日は来てないのか。

がっかりして部屋に戻ったものの、なんとなく予感はあった。またあの舞いが見られるかもしれないという予感が。

夕食後もおとなしく過ごし、夜更けを待った。ジリジリと、何度も読んだ本のページをめくり、欠伸《あくび》をしながら、訪れるかもしれないし訪れないかもしれない場面を待つ夜の長さよ。

何度もうとうとしてしまい、ハッとして起き上がる、ということを繰り返し、ようやくいつもの夜の喧噪《けんそう》が収まってどろりとした闇が世界を支配する頃、私はそろそろと部屋を抜け出した。期待したとおり、遠くから流れてくる低い歌声。胸が躍った。それが幻聴でないことを何度も確かめる。

そろりと夜の底を移動し、灯りを見つける。

彼が、舞っていた。

前と同じように、蠟燭の灯りだけを頼りに、蜘蛛の巣の衣装をまとい、背広の男の声と着流しの男と三角形の構図で舞っていた。

やはり、彼は遅れて二人に合流したのだ。

前よりも早く来られたらしく、舞い始めのほうに間に合った。曲はたっぷり続き、ゆっくり彼の舞う姿を眺めることができた。

夢のような光景が、再び目の前で繰り返される。

私は息を詰め、墜月荘の影と同化して彼の舞いを見つめていた。

前回の舞いとは違っていた。より激しく、動きも細やかになっている。

一曲が終わり、他の二人が拍手をし、着流しの男が甲高い声でほめた。

しかし、舞い終わった彼の表情は暗かった。

扇を閉じて、そっと下ろされた手は力なく、衣装を取って現れた顔はどことなく沈痛な面持ちだった。

そして、彼は顔を上げてこちらを見たのだった。

隠れて見ていた私を。ためらいもなく、まっすぐに、ごく自然な様子で。

「そんなところに隠れていないで、出ておいで。前もそこで見ていたね」

びくっとする私。柱に当てていた指が震えるのを見た。

「えっ」

背広と着流しの二人が驚いたようにこちらを見た。慌てて身体をすくめる。逃げ出してしまいたかったが、音を立てるのが怖くて、ジッとその場に固まってしまった。

「大丈夫、怒ったりしないよ。こっちにおいで」

彼はそう優しく繰り返すと、大きな白い手を振って手招きした。

その手の動きに、目が吸い寄せられた。長い指。舞いのようななまめかしい動き。

私はフラフラと部屋に入っていった。

また背広と着流しが驚きの声を上げた。

「子供だ」

「子供じゃないか」

二人は顔を見合わせ、まじまじと私を見た。

「こんなところに子供がいるなんて」

「まさか幽霊じゃないだろうな。座敷わらしとか」

彼がクッ、と笑った。

「そうか、幽霊という可能性があった。耳なし芳一でも、夜中に音楽を聞きに来るのは魔物と相場が決まってる」

魔物と呼ばれても、彼に言われると嫌ではなかった。

「君は、ビイちゃんだね」

彼がそう言ったので、私は驚いた。なぜ彼がその名を知っているのか。

「話には聞いてたよ」

「お客さんと話しちゃいけないの」

私はそう呟くのが精一杯だった。

「うん。もちろん、今夜のことは内緒だよ」

彼は頷いて、唇に指を当てた。私もこっくりと頷く。

「ビイちゃんって、それが名前なのかい」

着流しのほうが甲高い声で目を丸くした。

「そう。ビー玉みたいだから、ビイちゃん。そうだよね」

私は再びこっくりと頷いた。どうしてそこまで知っているのだろう。

不思議に思って彼を見上げると、彼はとても穏やかな表情で私を見ていた。まるで、ずっと前から私のことを知っているかのように。

「もう部屋に戻ったほうがいい。部屋を抜け出してこんなところに来てるのを知られたら大変だからね」

彼は身体をかがめて、そっと囁《ささや》いた。

「これをあげよう。明日、食べるんだよ」

ズボンのポケットからキャラメルを取り出し、差し出した。

大きな白い手に載ったキャラメルは、宝石のように見えた。私はおずおずとキャラメルを手に取る。

「またね。おやすみ、ビイちゃん」

彼はそう言った。

私は奇妙な心地になった。この人は、墜月荘の誰よりも私のことをよく知っている。そんな気がしたのだ。

実際、私の勘は当たっていた。この時、墜月荘の誰よりも、そして私よりも、私が何者なのかを知っていたのは、彼だったのだ。

十九

誰かに指摘されるまで気付かなかったのだが、私の左の肘の内側のところには、小さなほくろが固まっている。数えてみると七つあり、その並んだ形はなんとなく北斗七星の配置に似ていた。

それは私の世話をしている女たちの誰かが言い出したらしい。

ある日、莢子がつかつかと私のところにやってきて、「ちょっと腕を見せて、ビイちゃん」と手を差し出した。

私はきょとんとして、何を言われたのかよく分からなかったが、莢子がぐいと私の左腕をつかんで肘の内側を上にした。

「あら、ほんとだわ」

彼女はしげしげと私の腕のほくろに目をやった。

「確かに七つある。よかったわね」

「何がよかったの」

私は茨子の顔を見た。

「六つよりは七つのほうがいいじゃない」

説明になっていなかったが、茨子に言われるとそんな気もした。

「それに、これであんたがどこで野垂れ死んでもあんただってことが分かるようになったわ。よかったわ」

茨子は「よかったわ」に力を込めた。

「ただし、焼け死んだ場合は困るわね」

茨子は思いついたように眉をひそめた。

そして、私の顔を覗き込み、真剣な表情でこう言った。

「もし焼け死にそうになったら、このほくろを守るのよ。いいわね」

「どうやって」

「そうねえ、とりあえず右手で押さえておくのね」

とりあえず右手で押さえたあと、いったいどうすればよいのかは教えてくれなかったが、このほくろが大事なことは分かったし、自分の腕にそういう身体的特徴があるということは自覚した。それ以来、いっとき自分でもそのほくろが気になってしかたがなかったが、やがて慣れた。

このほくろの件で思い出深いのは、ある副産物を私に与えたことである。

私は、ほくろとほくろのある自分の腕を何度もスケッチしたのだ。

それまでにも絵を描くのは好きだった。クレヨンでぐるぐる円を描いて画用紙を埋める行為には、原始的かつ生理的な快楽があったように思う。それは単なる「お絵かき」だったけれど、自分のほくろを画用紙に「写して」以来、私は見たものを「スケッチ」することを覚えたのだ。

そう、私は見たものをそのまま描いた。

ありのままを、嘘偽りなく。

今なら、しばしば人は本当のことを言ったり指摘したりしてはいけない時があるのを承知しているが、当時の私はそんなことなど知らなかった。

それが、時として災厄を呼び寄せることも。

二十

墜月荘には、あらゆる奇妙な人種がやってきた。

あるいは、その奇妙さは墜月荘を訪れた時だけに見せる顔だったのかもしれない。もしかして、下界（女たちは、外のことをそう呼んでいた。その言葉からも、ここが地上から隔絶された山奥であることを意識させられた）では平凡な常識人だったり、謹厳実直な紳士だったりするのかもしれない。墜月荘は、奇妙な人種であることを許される場所だった。そして、墜月荘の訪問者は奇妙であるという点において等しかった。

しかし、その中にあっても異質だったのは軍服を着た人々である。

もちろん、久我原もその一人であったが、彼にはどことなく天邪鬼《あまのじゃく》的でつかみどころのない透明感があった。彼はいつも一人で来るか子爵や笹野と一緒であったし、組織の匂いを感じさせなかった。

けれど、他の男たちは違った。

あのカーキ色の重さ、背中に板でも入っているかのような型にはまった姿勢のよさ、無表情な目や首筋の皮の下に内包している不穏な暴力性、それらを抑圧している冷徹で乾いた「決まりごと」や「考え」。彼らがもったいぶって口にする「天命」とか「天子様」という言葉を聞くたびに、重い鉛の玉が頭の上にぶらさがっているような不安な気持ちになった。

彼らには明快な目的を持つ、顔のない集団の匂いがあった。

私が墜月荘に行ったばかりの頃は、ぽつぽつとしか彼らの姿を見ていなかったように思う。しかし、いつしか彼らの数は増え、やってくる頻度も上がった。

ご時世だから、と女たちは言った。

それが何を指すのか私には分からなかったが。

むろん彼らのほとんどが「交流」のためにやってきていたのだろうが、それだけではないことは明白だった。彼らの中にはあからさまに墜月荘の女たちやボウイたちを嫌悪し、軽蔑し、近寄らせない者が何人もいたし、「汚らわしい淫売《いんばい》めが」と口に出す者もいた。だったら来なきゃいいのに、と私は思ったし、若いボウイたちの顔にも同じ文句が浮かんでいたが、それを言葉にする者はいなかった。

ヒサさんと一緒に、裏方の下働きをしていた娘にりんという子がいた。りんは子供の頃に馬車に轢かれたそうで、片方の目が潰れており、片足も引きずっていたが、手先は器用で体力もあった。機転がきいて不思議なユウモアのセンスもあり、特技は他人に渾名《あだな》を付けることだった。

そのりんが、皆が「カーキ色」と呼んでいた軍人たちにぴったりの名前を付けていたせいで、私はあの男たちの本当の名前を昔も今も知らない。

「だるまさん」というのは、どうやら軍の中でも偉い人らしい、年嵩《としかさ》のがっちりした男だった。

どんぐりまなこと立派な眉が、それこそ赤い達磨《だるま》の顔そっくりで、誰もがその名前を聞いて「ああ」と納得して噴き出すのだった。

「だるまさん」はいつもいかめしく威圧感があり、無口だったが、少なくともあからさまに女たちを軽蔑するようなことはせず、誰に対しても慇懃《いんぎん》だった。

「はたき」は「だるまさん」にいつもくっついているこれまた年嵩の男で、針金のように細く背が高く、すぐに「無礼者」と激昂して周囲の者に当たり散らすところが、確かにぱたぱたとせわしなく障子にはたきをかけているところを連想させるので、りんが「あの『はたき』がサァ」と言ったのですぐに分かったのでみんなで大笑いしたものである。

「凍《し》み豆腐」は、最も墜月荘に対する軽蔑をあからさまにしていた男で、どうやら資産家の子息らしく、自尊心が強く言葉遣いも気取っていた。しかし、いかんせん貧弱な体格で気の毒なほどのあばた面であり、これまでまともに女に相手にされてこなかったであろう恨みつらみを墜月荘の女たちに向けていることは明らかだった。冬の軒先につるしてある、縄で繫いだ穴だらけの豆腐を連想したりんの観察力は的確であったが、あまりにも残酷な真実を突いていた。

それでも、彼らは遠巻きにしていればよかったし、向こうもこちらと知り合いになるつもりはなかったようだからまだよかった。

皆が嫌悪し恐れていたのは「なめくじ」と「匕首《あいくち》」の二人だった。

「なめくじ」は色が浅黒く長身の男で、一見、かなり美しいと言ってもいいほどの容姿の男だった。常に他人を小馬鹿にしたような薄い笑みを浮かべていて、至極丁寧な物言いをする。しかし、その粘着質で酷薄な性格、病的なほどの女好きの癖に女をとことん見下《みくだ》しているところは、いくら金払いがいいとはいえ、女たちに忌み嫌われていた。

しかも、子爵の話によると、実はこの男こそ、成金の三代目である「凍み豆腐」なんかよりも相当に立派な家柄の男で、あちこちにコネと顔が利くという。その点を利用してほうぼうから後ろ暗い情報を集め、軍の内外でゆすりまがいのことをしているというのである。

あの男はおのれの天分の使い道を全くもって誤ってるね。

子爵はあきれた声で言った。

頭も回る――肝も据わっている――見た目だって恵まれている――しかも親御さんをはじめ、一族は立派な方々だ――何をどうするとあんな性格になるのか、僕には皆目見当もつかん。

「カーキ色」の噂話になった時、そんな話を聞いた。

まあまあ、ご一族がご立派だからこそ、時たまあだ花みたいなもんが生まれてくるもんなんです。

笹野がニヤニヤしながら口を挟む。

君みたいに日の当たるところでスクスク育つのを当然だと思う人間と、日の当たるところにいるのを申し訳なく思い、できれば隅っこや日の射さない暗がりで生きていきたいと思う人間とがいるんですぜ。

おや、君は後者だというわけかい。

子爵は冷たく答えた。

そうは言ってない。

笹野は肩をすくめ、手を広げてみせた。

僕なんざ、最初から日陰で生きてくことが運命づけられてましたからねえ。

おやおや、ご謙遜を。君のうちが素封家なことは、今や誰でも知ってるじゃないか。

子爵がおおげさに首を振ると、笹野は渋い顔になった。

僕が勘当されたことも皆さんご存知だけどね。

で、今は、君は誰を勘当しているんだい。

子爵がそういうと笹野はぐっと詰まった。

この時、笹野はもう三日も墜月荘に泊まっていた。二日以上滞在しているということは、「下界」でまた女といざこざを起こし、避難してきていることは間違いない。

噂というのは恐るべき伝播《でんぱ》力があるもので、私ですら、当時笹野が所属していた同人誌に参加したどこぞの令嬢と道ならぬ恋に陥っているというゴシップを耳にしていた。笹野には、同棲し、養ってもらっている内縁の妻がいたというのにである。

ふん、僕は自分で自分を勘当しているんだ。ほっといてくれ。

笹野はふてくされたように煙草をふかした。

二十一

私は「匕首」がどんなものか知らなかったので、りんがその男を「匕首」と呼び、皆が複雑な顔で頷いているのを見てもピンと来なかった。

その男は、普段は物静かで、無表情だった。

頬骨が高く、こけていて、どこかひんやりした印象を与えた。

まだ若いようでもあり、歳がいっているようにも見えた。

彼はたまにやってきて交流部に泊まっていったが、決まって女を半殺しの目に遭わせるので、女たちは彼の相手をするのを嫌がった。そのうち彼は、毎回異なる女を外から連れてくるようになった。二度続けて相手をする女がいなかったのだろう。毎回、初対面の相手をどこかから拾ってくるらしく、何も知らずにやってくる娘たちを、皆決まり悪そうにチラチラと見ていた。

あいつ、いつかやるよ。

もう何人かやってんじゃないの。

女たちはヒソヒソと噂した。

「匕首」を見せてくれたのはマサさんだった。

これさ。

何気なくマサさんの見せてくれたそれは、不気味に鈍く光っていた。刃文の、銀色の光を放つ曲線が、男の頬骨のこけた曲線に重なり、その名の意味と本人とが重なって、改めてりんの「才能」に感心させられたのだった。

二十二

問題は、りんの名づけの才能でなく、私が見たままの彼らを写生したことだった。

私は顔に興味を持ち、顔を描くことに興味を持った。さまざまな客の訪れる墜月荘は、顔を描くのには好都合だった。

私は渡り廊下を通る客や帳場で立ち止まる客の顔を覚え、それを画用紙に描いた。見えたものを。ありのままを。

「カーキ色」たちは、いつも何人かで連れ立ってやってきた。

一人でやってくるのは、久我原以外では「なめくじ」がいちばん多く、あとは「匕首」くらいだった。その二人も、大体は他の「カーキ色」たちと来た。「カーキ色」たちは、交流部の部屋を幾つか借り切って話し合いをすることも多かったのだ。

他の「カーキ色」たちは、りんの渾名の付いていない者も含め、たいがい三、四人でやってきた。

最初は後ろめたそうにやってきた者たちも、二度目になると屈託のない顔になる。

その表情の変化を私は興味深く眺めた。

墜月荘を訪れる「カーキ色」たちは、その職業の性格からいって、まさに生と死の狭間にいたのだということは、ずいぶん後になってから思い至った。

ほとんどの「カーキ色」たちは、人数通りだった。

これをおかしな文章だと思うかもしれない。

人数通りでなかったら、何なのだと言うかもしれない。

しかし、しばしば人数通りでない者がいたのだ。

それを説明するのはむつかしい。

例えば、「はたき」だ。

「はたき」を初めて見た時から、後ろに連れて歩いている年寄り二人は誰だろう、と思っていた。

渡り廊下でちょっとだけ通行者が正面を向く場所があるのだが、年寄り二人は「はたき」の後ろから、両側に半分ずつ顔を覗かせていた。

疲れ切り痩せこけた、ぼろぼろの着物を着た老人と老女だった。なんとなく雰囲気が似ていて、夫婦なのかなと思った。

二人は、「はたき」の後ろをうなだれるようにしてのろのろとついてきた。

しかし、周囲の人の反応やボウイや女たちの様子を見ているうちに、みんなにその二人が見えているわけではないことに気が付いた。

そうか、この世のものではないんだ。

そう思い当たったら、いつのまにか二人は消えていた。

しかし、その後も「はたき」がやってくる度に、二人はしばしば姿を現した。

目の下が大きく落ち窪《くぼ》んだ青い顔で、あきらめたように足を引きずって「はたき」の後ろにいることには変わりがない。

あの二人は誰だろう。

私は、その年寄りの姿をスケッチした。二人の顔を正面から見たところ、「はたき」の後ろを歩いていくところ、横から見た全身など。

何度も見るうちに、二人の着ている服がなんとなく日本のものではないような気がしてきた。この二人は外国の人かもしれない。

「だるまさん」の後ろには、赤ん坊を抱いた若い女がいた。

女はいつも心配そうに「だるまさん」の斜め後ろに立っていた。おとなしそうな、線の細い雰囲気のある女で、時々恐る恐る赤ん坊を「だるまさん」に抱かせようとするのだが、「だるまさん」はいっこうに気付く気配がなかった。

女は差し出した赤ん坊に気付かぬ「だるまさん」を悲しそうな顔で見ていたが、やがてあきらめて踵《きびす》を返し、また後ろに立って、ぽつねんと「だるまさん」を見ているのだった。

私はこの女もスケッチした。

いつもあまりに悲しそうな顔をしているので、スケッチしているほうも気がめいってくるのには参ったが。

女はたまにチラッとこちらを見た。私が彼女を描いているのを知っている様子だった。そんなふうにしたのは、彼女だけだ。

「なめくじ」の後ろには、時々若い男がいた。

学生服を着た、目のくりっとした可愛い男の子だった。

彼はたまにしか現れないし、現れた時もほんの少し「なめくじ」の肩越しにこちらを覗き込む程度だったが、いつだったか、「なめくじ」の軍服の襟に齧《かじ》りついてぶらさがっており、「なめくじ」が彼を引きずって歩いていたのには驚いてしまった。その時の彼はカッと白眼を剝いており、こめかみから血を流していたので同一人物とは思えないほどだった。

私は彼に興味を持った。

たぶん、他の者に比べて私に歳がいちばん近かったせいだろうし、いちばん自然な表情だったからだ。

だから、「なめくじ」の軍服にぶらさがっている彼は描かなかった。あれは本来の彼の姿ではないように感じた。

「匕首」の場合、最初、自分が何を見ているのか分からなかった。

彼の身体には、何かもやもやしたものや、赤黒い塊がこびりついていた。

まるで泥んこの中を転げ回ってきたのかというような姿で、「匕首」はいつも交流部にやってくるのだ。

スケッチしようにも、軍服のシミを写生するしかなかったのだが、何度か目にしているうちに、それらは「誰か」ではなく、「誰かだったもの」なのだということが分かってきた。

肩にからみついている髪の毛、帯揚げがぶら下がっている腰、軍靴《ぐんか》が引きずっているのは女の脚だったものだ。

どうやら、それは一人のものではなく、複数の人間のものに思えた。

私は帯揚げの柄や、髪の毛についたリボンをスケッチした。

しかも、「匕首」にくっついているそれらの「誰かだったもの」はしょっちゅう変わっていた。

だが、そのうち、「匕首」の斜め上のほう、頭のところが暗く見えることに気が付いた。

最初は照明が暗いせいなのかと思ったが、そこだけ紗が掛かったようにぼんやりと暗い。

目の錯覚かと思い、何度も目をこすってみた。

しかし、数人で座敷に座っている時も、「匕首」の頭のところだけが暗かった。

私は、遠い座敷に見える「匕首」の頭をじっと見つめていたが、やがてぼんやりと女の顔が浮かんで見えるようになった。

その女は、文子くらいの歳で、文子のように大きく頭を結い上げていた。

この世ならぬものに徐々に慣れ始め、見慣れてきたはずの私も、その女の表情に気が付くと凍りつくようなおぞましさを覚えた。

そこに見えたのは、私がかつて月観台で観たお化けみたいに、凄まじい怒りの形相だったのだ。

この世のあらゆる恨みつらみと憎悪を形にしたような顔が、「匕首」を見つめていた。

あまりにもおぞましかったけれど、同時にやはり私はその特異な「顔」に惹かれてもいた。

私は唾を飲み込み、深呼吸をすると、丁寧に、「匕首」の横顔と、その斜め上にある女の顔を写生した。

二十三

墜月荘で暮らした歳月や、墜月荘で見ていたもののことを考えると、奇妙な心地になる。

実際に、あの時一緒にいた人たちがほとんど鬼籍に入ってしまっていることもあるが、あの頃も死者と暮らしていたような気がしてならないのだ。

私が飽きずに写生したこの世ならぬ者たちも含め、皆が当時から既に死者だった。私は死者たちと夢を見ていた。墜月荘自体がこの世のものではなかったのではないか。聞けるものなら、あの時の久我原に聞いてみたかった。

私たちは皆、死んでいるのではないですか。

久我原ならば、なんと答えるだろう。

蜘蛛の巣の衣をまとい、ひらひらと回ってみせてくれるだろうか。

死んでるね。

彼は、あの淡々とした声で答えるかもしれない。

こうして舞うのは、皆死人だからね。

久我原の声が聞こえる。

能なんぞは、みなあの世の話だ。あの世にいる者たちが、現世への未練を語ってみせている。人はいつか死ぬ。どっち側にいて、どっち側から生を語るかだけの違いさ。

久我原は、涼やかに舞ってみせる。

動かないと言っていた身体を、縦横に動かしてみせる。

本当に。

私は冷たい声で問いかける。

本当に、それだけの違いなのですか。どちら側にいても、さほど変わりはないのですか。

墜月荘は、ただの能の舞台だったのですか。

返事はない。

久我原は身にまとっていた蜘蛛の巣の衣を目深にかぶり、くるりくるりと回りながら私の声が聞こえないふりをして遠ざかっていく。

ならばどうして。

私は構わずに続けた。

貴方はあんな最期を迎えなければならなかったのでしょう。

返事はない。

二十四

ある日、帳場の文子の後ろの隅っこで莢子に出された宿題をやっていると、おずおずした声が聞こえた。

「あのう――こちらに笹野先生がいらっしゃると伺って来たんですけれど、先生を呼んでいただけますでしょうか」

そっと覗いてみると、色白で目の大きな、「清楚」という言葉がぴったりの若い娘が立っていた。緩やかにカールした真っ黒な髪。薄茶色のブラウスの襟元には真珠のネックレスが見える。

明らかに、墜月荘の女たちとは違う、上等な空気をまとった娘だったが、顔は青ざめ、どこか思いつめた様子である。

文子はいつもの無表情で娘を見据えると、にべもなく答えた。

「どちら様からそんな話を？　そのような方はここにはいらっしゃいません」

娘はたじろいだ。

文子のあの表情で言われたら、誰もがそのあとも会話を続けることは難しい。

「でも、先生のお友達が、ここにいると」

娘は気丈にもそう言い張った。

「嘘です」

文子は一言できっぱりと撥《は》ね除《の》けた。娘はビクッと身体を震わせた。

「ここはあなたのような方がいらっしゃる場所じゃございません。お引取りを」

文子は鉄のような声でそう言うと、もう用は終わったとばかり、帳面に目を落とした。

それでも娘はしばらくそこでもじもじしていたが、やがてあきらめたのか踵を返し、すごすごと引き揚げていった。

私は不思議に思い文子を見た。

笹野は何日もここにいるのに。最近では、私や従業員のいる離れの隅に万年床を敷き、そこに日がなもぐりこんでいるのだ。交流部に滞在するとお金を取られるが、こちらなら払わなくていいと思い込んでいるらしい。

「先生ならいるじゃない」

私がそう言うと、文子は「いないことになっているの」と冷たく答えた。

「あんたも、誰かに先生がいるなんて話すんじゃないよ」と、私を睨んだ。

「先生にも、このことは話しちゃいけない。あんな人はここには来なかった。先生を捜しに来た人なんかいない。いいね」

「うん」

私は頷いた。文子がそう言うのなら、そういうことなのだ。

宿題も終わったので、私は庭に出ていつもの場所で本を読むことにした。棕櫚の木のあいだに潜り込み、本を開く。

と、誰かが庭に入ってきたのに気付いた。

恐る恐る歩いてきたのは、さっき文子が追い返したあの娘だった。きっと、庭に入る裏木戸が開いていたか、誰かが開けて入るのを見たのだろう。きょろきょろと辺りを見回し、建物を見上げ、中を覗き込んでいる。

この時、あろうことか、渡り廊下に通りかかったのは、よりによって「なめくじ」だった。「なめくじ」は前の晩から一人で来て泊まっていたのだ。「なめくじ」はこの娘に目を留めた。その目に興味の色が浮かび、何事か納得した様子が窺えた。

「何か御用でも」

「なめくじ」は紳士的に声を掛けた。見てくれだけはきちんとした男だ。声も落ち着いて洗練されている。娘が「なめくじ」を一目で信用したのが分かった。

「あのう、人を捜しているんです」

「どんな」

「三十代半ばくらいの男性なんですが」

娘はすがるように「なめくじ」に詰め寄った。

「なめくじ」は考えるふりをすると、「まあ、ここではなんですから、中で聞きましょう」と、娘に上がるよう促した。娘は逡巡する。

「急いで。人に見られると困るのじゃないですか」

「なめくじ」は左右を見て、娘を手招きした。

娘は慌てて靴を脱ぎ、渡り廊下に上がるのを「なめくじ」が腕を取って助けた。

「なめくじ」が娘の華奢《きゃしゃ》な腕をがっちりつかんだのを見て、嫌な予感がした。娘の臙脂色のハイヒールが地面に残され、片方が倒れているのが、彼女の運命を暗示しているようで、私は息を止めぎゅっと本を抱きしめていた。

どうしよう。文子に知らせるべきだろうか。

私は迷った。しかし、身体は石になったように動けなかった。

あんな人はここには来なかった。いいね。

文子の声が頭に響いている。文子に知らせたら、ひどく叱られるような気がした。

あんな人はここには来なかったんだ。そうだ、そうなんだ。

私は自分にそう言い聞かせ、本のページを開いて、必死にその内容に集中しようとしたが、文字が上滑りするばかりで何も頭に入ってこなかった。

それから、二、三時間も経っただろうか。

交流部の奥のほうで、人が騒ぐような不穏な気配があった。

引きつった顔の莢子が廊下を小走りに駆けてきて、帳場のほうに向かうのが見えた。

と、険しい顔の文子が莢子と一緒に戻ってきて、奥に向かう。文子は途中で振り返り、叫んだ。

「車を呼んで。渡辺《わたなべ》さんのところを」

私は息を詰め、身体を縮めて廊下を窺った。

しばらくして、莢子と文子に挟まれ、抱えられるようにして出てきたのはあの娘だった。

莢子のカーデガンを羽織っているが、ぶるぶると震えていて、ろくに歩けないようだ。髪は乱れ、唇も切れていて、目の焦点が合っていない。ブラウスの裾はスカートの上に出ていて、裸足だった。

「医者に」

莢子がそう言うと、娘はびくっと反応した。一瞬だけ目の焦点が合うが、頑なに首を振る。

「駄目、お医者は駄目」

「大丈夫、口は堅い。長年つきあいのある医者だから」

「駄目。駄目です」

文子が言っても、娘は激しく首を振り、廊下にうずくまった。

「見ないで。見ないでッ」

娘は荚子と文子の視線を避け、頭を抱え、また激しく震えだした。

為す術もなく無言で荚子と文子が娘を見下ろしていると、玄関のほうに車のクラクションが聞こえた。

「分かった。医者はいいから、帰りなさい。車が来てるから。ね」

文子が娘の耳元に囁いた。娘はかすかに頷いたように見えた。

再び、二人で娘を助け起こし、靴を履かせて裏木戸から連れ出す。

低くやりとりする声が聞こえ、車のドアが閉まり、遠ざかっていく音がした。

荚子と文子が疲れた顔で戻ってきた。

「まったく、なんでよりによって——間《ま》が悪いにもほどがある」

文子が苦い表情で吐き捨てるように呟いた。

「笹野先生には、このことを」

莢子が青い顔で文子を見る。

「早晩、バレるわね」

文子も莢子を見ながら暗い表情で言った。

それから三十分ほど経って、ワイシャツ姿の初老の男が血相を変えて駆け込んできた。

それは、さっき娘を乗せていった車の運転手だった。

娘は、カーブで速度を落とした車から飛び出し、渓流に架かった石の橋の欄干を乗り越え、谷間に身を投げたのである。橋の上には、莢子のカーデガンがぽつんと抜け殻のように残っていたそうだ。

二十五

大騒ぎになり、消防組が出て、娘の行方を捜すことになったらしいが、日も暮れかかり、数日前に降った大雨のせいで水量が増え、捜索は難航しそうだという話だった。

来る途中で騒ぎの内容を聞いたのか、帳場のほうから子爵が青ざめた顔で足早にやってきた。従業員もバタバタと駆け回っている。

私はというと、まだ棕櫚の中から動けなかった。石になってしまったかのように、棕櫚の中で身体を縮め、事件を見ていることしかできなかったのだ。

墜月荘には夜の明かりが灯り、廊下はさながら劇場の舞台のようだった。

子爵がハッと凍りついたように足を止めた。

笹野がやってきたのだ。のんびりした表情で手を上げて会釈する。

「よお、子爵、お早う。ここは不思議と羊水の中みたいな場所だねェ。寝ても寝ても、いくらでも眠れるんだよ」

笹野は、まだ何も聞かされていないようだった。

子爵も笹野の様子からすぐにそれを悟ったのだろう。絶句している。

「なんだか、さっきから騒がしいんだが、何かあったのかな。あ、済まないが、煙草をいっぽん分けてくれないか」

笹野は帳場のほうを覗き込む仕草をし、子爵に手を差し出した。

子爵は無言で煙草を出して、火を点《つ》けてやりながら静かな声で言った。

「笹野、いいか、落ち着いて聞いてくれ」

笹野がきょとんとして子爵を見ると、子爵は笹野の耳元に何事か囁いた。

笹野の目が大きく見開かれ、まじまじと子爵を見た。

子爵が頷く。

笹野は見る見るうちに真っ青になり、震えだした。手から落ちた煙草を子爵が慌てて拾い上げる。

「初子《はっこ》――初子さん――馬鹿な」

笹野は口をぱくぱくさせ、よろけるように帳場のほうに走っていった。

が、たぶん文子から話を聞いたのだろう。よろよろと幽霊のように戻ってきて、倒れそうになった笹野を子爵が支えた。

「笹野、気をしっかり持って」

そこに、ぬうっと差した影があった。

「今夜はやけに賑やかだな」

なんと、「なめくじ」が現れたのだ。

子爵と笹野、そして私もぎょっとして「なめくじ」を見た。

「なめくじ」は全く悪びれた様子もなく、欠伸をした。どうやら部屋で寝ていたものらしい。

まだ帰っていなかったのだ。

なんとも不穏な沈黙が三者のあいだを支配した。

笹野はぶるぶると震え、「なめくじ」を睨みつけていた。

子爵が冷たく言う。

「さっき、若いご婦人が先の橋から身を投げたんだ。消防組が捜索している」

「ふうん。ご苦労なこった。この辺りは日没が早い。もう今日は無理だな」

「なめくじ」は露ほども動じる様子もなく伸びをした。

「貴様。初子を——初子に——貴様あっ」

笹野が「なめくじ」に飛びかかり、むしゃぶりついた。

「けだものめがっ。初子をっ。殺してやるっ」

しかし、「なめくじ」は子犬でもじゃれかかったかのように相手にしない。笹野と体格の違いは明らかで、「なめくじ」はうるさそうな顔をすると、ばさりと笹野を払いのけた。

笹野は無様に放り出され、あっけなく床に這いつくばる。

「あの女は、『男を捜しに来た』と言ったんだぜ。ここがどんな場所か知らないわけじゃあるまい。ここで『男を捜す』と言ったら、意味するところは一つだろ。他に男が見当たらなかったんで、俺が相手をしてやっただけだ」

「なめくじ」はしゃあしゃあと言った。

「殺してやる、殺してやるう」

笹野は殺意に満ちた目で「なめくじ」を見上げ、握り締めた拳を床に押し付けた。

が、「なめくじ」は思い出したように宙を見上げた。

「そういや、あの女、タップリ愉しんでいったくせにカネを払ってくれなかったな。父親にでも請求するか」

「いい加減にしたまえ」

子爵がぴしっと叫んだ。

「今度という今度は君を軽蔑するよ」

その声は、いつも温厚な子爵には珍しく怒気と侮蔑がこもっていて、私は息苦しくなり、ますます身体を縮めた。

「軽蔑。ホウ、どうしてだ」

「なめくじ」が心底不思議そうな顔をしたので、子爵は面喰らったようだった。

が、気を取り直して言う。

「自分のしたことを考えてみたまえ」

「淫売宿に男を漁りにきた女の相手をした。それがどうして悪いんだ」

「詭弁《きべん》はよせ」

「少なくとも俺は、自分で自分の食い扶持《ぶち》を稼いで女を買いに来てる」

子爵がムッとした顔になった。

「僕はそうでないというのか。僕だって働いている」

「なめくじ」は面白がるような表情になると、子爵の顔を覗き込んだ。子爵が反射的に身体を引く。

「益田《ますだ》貿易。極東開発。帝都商会。あんたのじいさんと大叔父さん、それから従兄弟の会社だな。それぞれ週に一日か二日顔を出すだけで、たいした額の役員報酬が転がりこむって寸法だ。結構なご身分で」

子爵はギョッとしたように「なめくじ」を見た。

「なぜそれを」

「俺は知り合いのことを調べるのが好きなんだよ。自分がつきあう相手がどういう人間か知っておきたいんでね」

子爵は気味が悪いもののように「なめくじ」を観察する。どこまで知っているのか、という表情だ。

「なめくじ」はにこやかに子爵の顔を見た。

「あのなあ、子爵様。そもそもこんなところで俺と言葉を交わしていること自体、あんたと俺は同じ穴の狢《むじな》だってこと、お忘れなく。それに、あんたは軽蔑する相手を間違えてる」

「なめくじ」はうすら笑いを浮かべたまま、床に拳を打ち付けて泣いている笹野の前にゆっくりと近付き、そっと正面でしゃがみこんだ。

「あの女、妊娠してたぜ」

笹野がびくっと全身を震わせた。子爵も驚いて笹野を見る。

「父親はあんただな、先生」

「なめくじ」は優しい声で言った。

「だからこそ、あんなご令嬢がこんな山奥の淫売宿まで、はるばるお腹の子の父親を追いかけてきたわけだ。さぞかし勇気を振り絞ってやってきたんだろうに」

笹野の横顔が震えている。

「俺を恨むのは筋違いだぜ。ホントは分かってるくせに。あの女とお腹の赤ん坊を殺したのはあんただよ、先生」

笹野は「ひいっ」という悲鳴を上げ、頭を抱えた。

「よかったな、先生」

「なめくじ」は優しく笹野の肩をぽんぽんと叩いた。

「これでもう逃げ回らなくて済む。家に帰れるぜ」

すすり泣きを始めた笹野をじっと見つめ、「なめくじ」は立ち上がると子爵を見た。

子爵は青ざめているが、「なめくじ」の視線を受けた。

「見ろよ、子爵様。この男を」

「なめくじ」は顎で笹野を指した。

「こいつが泣いているのは哀しいからじゃない。あの涙は安堵《あんど》の涙だ。ああこれで下界に戻れるってホッとしてるんだ。しかも、奴にはこれで新たなネタができた。最近、行き詰まってたらしいじゃないか。一石二鳥だ。令嬢とわが子の供養に、せいぜいがんばってお涙頂戴の『文学』とやらを書くんだな。きっと売れるぜ」

子爵は無言だった。「なめくじ」は悠々と引き揚げていく。

笹野のすすり泣きが、途切れることなく廊下に響き続けていた。

二十六

私は避けている。

避けている。また順番が分からなくなった。

記憶の中で、堂々巡りを続けている。

どうしてだろう。むしろ、本当は他の話などせずにその記憶だけを抱きしめていたいし、その風景だけを見つめていたいのに。

だけど、その大事な記憶をそっと宝箱から取り出そうとすると、頭の芯がじいんと痺れたようになる。ひどい熱を出した時のように、頭が重くて、少しでも動かそうとするとズキズキ痛むのだ。

大切な場面、大切な顔の上に、墨でも塗ったように黒いシミが出来て、そのシミはたちまち広がって画面を真っ暗にしてしまう。鉛筆を走らせるようなシャシャシャシャという音がして、あの人の顔が見えなくなってしまう。

痛みに耐えていると、いつもあの犬のことを思い出す。

哀れな野良犬。やけに胴が長く、骨と皮だけに痩せさらばえた、顔の歪んだ犬。杭の周りを果てしなくぐるぐる回り続け、自分の尻尾を嚙もうとしていた。見ているこちらのほうが眩暈《めまい》がしてくるくらい、犬は執拗《しつよう》に杭の周りを回っていた。

赤い犬がいちばん美味《うま》いんだ。

誰かの声がする。

内陸部では日が暮れると、たちまち気温が下がってくる。それこそ足元から凍っていくような、地面の底から凍った憎悪が染み渡ってくるような、痛いような寒さだ。

そんな時、アイツを喰うのさ。鍋でグツグツ煮て。

やがて、ぽかぽかと身体の芯からあったまってくる。血のめぐりがよくなったことがはっきりと分かるのさ。全身をあかあかと血がめぐりメグッテイルのがさ。

あんな犬を食べるのか。あんな骨と皮ばかりになった、杭の周りをぐるぐる回っているだけの犬を。

りんが餌をやっている。

文子はあんなのに餌付けをしちゃ駄目だ、と口を酸っぱくして言っているのに、りんはあの犬に餌をやるのをやめない。こっそり出てきて、山の斜面に向かって低く口笛を吹く。すると、どこからともなくあの犬が現れるのだ。

りんは身体を縮めて、かがみこむようにして餌を食べる犬を眺めていた。その姿に自分を重ねていたのかもしれない。

犬は痩せていて、顔が歪んでいた。もっと小さい頃に、何かに顔を嚙まれたのかもしれない。苦笑いをしているようにも見え、泣きべそをかいているようにも見えた。

たぶん、見る人によって違う顔に見えたのだろう。

りんのように吸い寄せられるように近寄っていく人と、ほんの少し視界に入っただけでも見るんじゃなかったと蛇蝎《だかつ》のごとく忌み嫌う人と、その反応ははっきりと分かれた。

あの犬の唯一の美点は、めったやたらとは吠えないことだった。

弱い者の哀しさか、目の前の相手をよく見て、真に暴力的な存在かそうでないかを瞬時に見抜くのである。そして、見抜くが早いか、警戒心剝き出しで世にも恐ろしい声で吠え、後ずさりをして逃げ出すのだった。

姿は醜く、痩せて毛並みもカサカサしていたが、なんとなくかつては人に飼われていた犬ではないかという気がした。野犬になりきれず、時折人間界の匂いを懐かしむような表情を見せるのである。

りんは、犬を可愛がっていたけれど名前は付けなかった。だから、犬はいつまで経ってもただの犬で、顔の歪んだ赤い犬でしかなかった。

私はあの犬が嫌いだった。

ただただ弱く、情けを求めておどおどとやってきて意地きたなく餌を食べるさま。

弱い者の卑屈さ、顔色を見る感じ、それがまるで自分の姿を見ているようで、激しい嫌悪感を起こさせるのである。

しかし、それでいて、心無い客が面白半分に石つぶてをぶつけたり、棒で打ったりすると、自分が打たれたかのように胸が痛んだ。そんなことをしてはいけない、そんな弱くて小さなものをいたぶってはいけない、と胸の内で何度も叫んだ。

犬は数日続けて来る時もあったし、しばらく姿を現さない時もあった。

どちらかといえば姿が見えないほうが気持ちが落ち着いたけれど、しばらく見えないとそれはそれで心配なので、癪《しゃく》に障りつつも気にかかる存在だった。

そう。犬だ。いや、違う。犬を見ている。

犬の話をしたいのではない。いや、やはり犬の話なのだろうか。

ああ、また堂々巡りだ。

犬を見ていたあの目。

彼があの犬を見る時、目には何も浮かんでいなかった。

笹野のように嫌悪しつつも共感を滲ませたり、単なる野良犬と一瞥《いちべつ》するだけの子爵とは違って、彼の目はどこまでも虚無で、犬を通り越してどこか遠くを見ているのだった。そこにいるのは犬ではなく、犬という名の透明、犬という名の虚無であるかのように。

赤い犬のほうでも、彼に対しては戸惑っているようだった。

彼の見る自分が透明で虚無な存在であることを知っているかのように、ぽつんと身動《みじろ》ぎもせずに立っている。

私はその光景から、おののきつつも目を離すことができなかった。あるいは、私はあの犬に嫉妬していたのかもしれない。奇妙な均衡でつりあい、誰も遮ったり入りこんだりすることのできない、彼のその視線を独占していることに対して。

二十七

笹野は「下界」には降りていかなかった。

それまでも、ただでさえ万年床に潜り込んで日がなごろごろしていたのに、あの一件以来、もうごろごろすることもせず、ぼんやりと万年床の上で膝を抱えている。

令嬢の遺体は、数日後にずっと下流のほうで見つかった。損傷がひどく、令嬢本人であると確認するのに非常に苦労したそうだ。

令嬢の死はしばらくのあいだ表には出なかったが、やがて事件記者たちに嗅ぎつけられ、明るみに出た。どこから洩れたのか、令嬢が笹野の子を身ごもっていたこともバレていた。お腹の子の父親たる笹野を捜して野山をさまよい、やがては絶望して橋から身を投げるまでの一部始終を、まるで見てきたかのようにこと細かい扇情的な文章が、デカデカとゴシップ紙の一面を飾ったのだ。

このスキャンダルに「下界」は色めきたった。笹野のこれまでの女性遍歴、同人誌内の複雑な男女関係などが面白おかしく書き立てられ、笹野の居場所が取り沙汰された。

行方不明の笹野の代わりに記者たちが押しかけたのは、可哀想な彼の妻のところで、彼女は世間の嘲笑や憐憫《れんびん》にもけなげに耐え、どんなに記者たちに追及されても笹野が墜月荘にいることを決して明かさなかった。

令嬢が不用意に庭に入りこんだがために、悲惨な最期を迎えたことを文子たちは教訓とした。

裏木戸にはがっちりと鍵が付けられ、いつのまにか玄関付近には、見たことのない男たちが影のように見張りに立っていた。

その男たちに違和感を覚えたのは、無言で数時間おきに見張りを交替する彼らの姿を見た時である。どの男も巷《ちまた》に溢れる灰色の上着にズボン、白のシャツといったいでたちだったが、その肩の線には見覚えがあった——そう、あの首筋の下に暴力的なものを内蔵している、「カーキ色」の男たち。

今にして思えば、あの頃、墜月荘の見張りに立っていたのは軍部の人間だった。私はそれが異常なことであるとは考えなかったが、その異常さには無意識のうちに気付いていたのだ。

子爵の話によると、「なめくじ」は後日、「令嬢の最期の日の様子を知る者」として彼女の裕福な父親を訪ねていったという。彼は、自分が「山間の温泉宿に滞在していた」ところ、笹野を捜し疲れて迷いこんできた令嬢の身の上話を「親身になって」聞いているうちに、「自暴自棄」になった令嬢が「身を任せてきた」ことを淡々と説明し、「娘の最期の様子を知らせてくれたお礼」として、少なからぬ金銭を父親から受け取ったらしい。

どこまで卑劣な男なんだ、と子爵は怒りに震えていたものの、おのれの私生活を「なめくじ」に把握されていたことがよほど衝撃だったとみえ、あれ以来「なめくじ」と顔を合わせるのを避けているようだった。

だが、世間の喧噪をよそに、その中心にいるはずの笹野は完全に空虚だった。

悲劇の原因が本人にあることも、同情の余地がないことも、誰もが承知していた。それでも、やはり笹野は皆に愛されていたので、みんなが彼を気遣い、彼のことを見て見ぬふりをしているうちに、本当に彼は「見えなく」なっていった。実際、彼の指定席となった万年床の上に目をやっても、ふとそこには何も「無い」と錯覚することもしばしばだった。原稿用紙を埋めることもなく、もはや酒と煙草に逃げる気力もなく、内部がスカスカになった枯れ木がぽつんと置き去りにされているかのように、彼は重力すら感じさせず、ただそこに「居た」。

ある朝、私は笹野のいる部屋の前を通り過ぎようとして、何気なく彼の場所を見た。

そこに笹野は「居た」けれど、既に彼という人物の質量は存在していなかった。

私は胸がドキッとして、足を止めてまじまじと笹野を見た。

もう、笹野には顔がなかった。輪郭もなかった。彼は、私に「見られて」すらいなかったのだ。

私はそのことが哀しかった。あの、一瞬にして他人を魅了する笹野の人懐こい笑顔は、もはや地上のどこにも存在しなかった。

彼はもうすぐこの世から消滅してしまう。ここから立ち去ってしまう。そんな暗い予感が、朝の廊下に立った私の小さな身体を苦く満たしていた。

その時、パッと裏庭で何かが光った。

ハッとして振り向くと、更に何度か眩《まばゆ》い光が弾けて、私の目を見えなくした。

棒立ちになっていると、庭先を誰かが駆け出していく音が聞こえた。

それがカメラのフラッシュだと気付いたのは、拭き掃除をしていたヒサさんだった。

彼女の動きは、思いがけなく素早かった。

「誰か来てっ、庭に賊がいるっ」

その野太い叫び声は、普段とは別人のように鋭く恐ろしかった。

「写真を撮られたっ」

その瞬間、何かが覚醒したように感じたのは私の気のせいだったのだろうか。

普段は上の空の墜月荘、何かに気を取られている墜月荘。

それがつかのま、真実の姿を顕《あらわ》したかのような、皮がべろりと剝けて生々しい何かが剝き出しに晒《さら》されたように感じられたのは。

驚いたことに、あちこちからわらわらと人が湧いてきた。

真っ先にマサさんが、続いて玄関近くから白いシャツ姿の男たちが。

灰色のハンチング帽をかぶった男は、あっというまに裏庭を駆け抜け、裏木戸を押し開けた。抱えている信玄袋のようなものから、カメラと工具らしきものがチラッと覗いていた。

いつのまにか鍵は壊され、こじ開けられていた。たぶん、見張りの気の緩む明け方を待って南京錠を付けてあった鎖をねじ切ったのだろう。そして、庭に潜んで明るくなるのを待ち、笹野のいる部屋の障子が開くまでじっとカメラを構えていたのだ。

私は固まったようにその場に佇んでいた。

フラッシュ音の残酷さと暴力的な明るさに衝撃を受け、動けなかったのだ。

遠くでバタバタという音と、悲鳴と怒号らしきものが聞こえた。

まるで、娘が身を投げた時のようだ。

あの時のことを思い出し、身体が縮みあがるような心地になる。私はへなへなと廊下の隅に座り込むと、自分の身体を抱くようにしてうずくまった。

ずきんずきんと不気味な鐘の音が全身に響いてくる。

痛い、頭が痛い。全身に冷や汗が噴き出してくる。

いや、痛いのは心臓だろうか。それとも、身体じゅうの皮膚だろうか。やってくる痛みがどこからのものなのか分からず混乱した。

ヒサさんが笹野のいる部屋の障子を閉めたけれど、この騒ぎにも笹野は全く反応しなかった。身動ぎもせず、同じ格好で座り続けているのは明らかだった。

やがて、殺伐とした気配が近付いてきて、種彦さんが男の首根っこを引きずって裏庭に戻ってきた。身体をぐるぐる巻きにしているのは、なんとも二人には不釣合いな朱色の帯揚げだった。がしゃん、とマサさんが男の荷物を地面に放り出した。男がアッ、と叫ぶ。カメラが心配らしい。

帯揚げは丈夫な上に縛っても身体に痕が残りにくいので、昔から遊女を折檻《せっかん》する時に使っていた、と莢子が言っていたっけ。

「カ、カネは払う。大枚払ってもらえる当てがあるんだ、嘘じゃない。な、山分けにしよう、必ず払う」

私はソッと近くの窓に近付いて庭の様子を窺っていた。マサさんと白いシャツの男が二人、種彦さんが押さえつけている男を取り囲んでいる。遠巻きに、文子の姿もあった。

男は顔を赤くしたり青くしたりしてまくしたてた。四角い顔をした、いかにも叩き上げふうの男である。

「誰からこの場所を聞いた？」

マサさんが静かに尋ねた。男は面喰らったようにマサさんと種彦さんを見上げた。

「あのセンセイのダチだっていう男だよ、センセイんちの近所の三文飲み屋で聞いた」

「何を撮った？」

マサさんが更に尋ねる。私にはその静かな声が恐ろしかったけれど、男はそれを怒ってはいないと勘違いしたらしく、むしろ安堵するような表情になった。

「そりゃ、センセイだよ、あの色男だよ、あのべっぴんをこまして身投げさせた。羨ましい身分じゃねえか」

声もいきなりなれなれしく、下卑《げび》たものになる。

「すっかり腑抜けさね、たまげたぜ。あの様子を見せりゃあ、むしろ世間の同情を引けるってもんだ。センセイにとっても悪くない話だろ」

男はべらべらと喋り続ける。

「一緒にガキがいたのは、ありゃ商売女の子かい？　まさか、センセイの隠し子じゃないだろうな。そのほうが話としては面白いけどさぁ。いろんな女とのあいだに出来た子をここで育ててる、なんて話じゃねえよな」

おかしくもない笑い声を立てる男とは対照的に、囲んでいる男たちは無表情に顔を見合わせた。

「――撮ったんだな、子供も」

マサさんが低く呟いた。

男は得意そうに頷く。

「ありゃ、ちっちゃい癖に末恐ろしいようなべっぴんだったな。あれならじきにうんと稼げるようになるぜ」

男はへらへらと笑った。お追従《ついしょう》のつもりで言っているらしいのだが、周りの男たちの顔は険しくなるばかりである。

「黙ってろ」

種彦さんが顔をしかめて男をこづいた。

が、こづかれた男は種彦さんを見て、ふと、何か思い出したようにしげしげとその顔に見入った。

「——おめえ、どこかで見たことがあるなあ」

みんながハッとするのが分かった。

「この男を知ってるのか？」

マサさんが男のほうに一歩近寄った。

「うん、知ってるぞ。この顔、前にも見た」

男は頷きつつ、じっと考え込んだかと思うと、パッと種彦さんの顔を見上げた。

「そうだ、飛田《とびた》だ」

目を大きく見開き、何度も頷く。

「そうだよ、おめえ、飛田種彦だろ。名寄《なよろ》の怪童と言われた」

みんながサッと種彦さんを見た。

なよろのかいどう。

私には意味が分からなかった。

種彦さんは、ぽかんと口を開け、男を見ている。

「いや、ビックリしたね。まさかこんなところで会えるとは。俺も向こうの出身なんで、おめえがガキの頃から名前は知ってたんだ。いやあ、たまげたね」

男はまた、堰《せき》を切ったようにべらべら喋り始めた。

「こいつはね、向こうじゃ子供ん時から有名だったんだ。身体は大きいし、柔道じゃ道内で負けなし。袋山《ふくろやま》部屋に入門することが決まってて、確か四股名《しこな》まで貰ってたはずだ」

興奮した男とは対照的に、種彦さんは凍りついたように青ざめていた。

男は芝居がかった様子で首を振ってみせる。

「そいつがねえ、悲劇さね。こいつは身体が大きかったから、早くから親父や兄貴と一緒にヤマに入っててね。でかい落盤事故があったのさ。親父と兄貴は助からなかった。こいつは掘り出されたものの、酸欠っていうんだろ、息ができなくて、脳みそが少しばかり死んじまったらしいんだな。そしたら、まるで人が変わったみたいになっちまって、相撲取るどころじゃなくなっちまった」

ここにいる誰も知らない、本人すらも知らない過去を、初めて見る帯揚げで縛り上げられた男が喋っているのを、誰もが息を詰めて聞いていた。

「狭いところや暗いところがすっかり駄目になっちまったそうだ。親方が何度も見舞いに来てくれて、治そうとしてくれたんだが、どうしてもいけなかったらしい。挙句の果てにこいつは」

男はちょっと言葉を切り、効果を狙うように周囲の男たちを睨《ね》めつけた。

「――心中騒ぎを起こしたのさ」

しんじゅうさわぎ。

その言葉も、この時は意味が分からなかった。

「わざわざ本土まで船で渡っていって、しばらく二人で死に切れずに放浪してたらしい。それでも房総《ぼうそう》あたりで手持ちのカネが切れて、互いの手を結び付けて、崖から海に飛び込んだ。あの世で一緒になるって書置きがあったんだとさ。相手のほうは、数日後に近くの浜に死体が打ち上げられた。なのに、こいつはとうとう見つからなかったんだ」

意外な過去に、みんなが呆然《ぼうぜん》としている。誰よりも呆然としているのは、当の種彦さんだったろう。こんな見ず知らずの男に、突然自分の正体を明かされたのだから。

「実は、こいつの地元じゃ、この話はだぁれも知らないことになってる」

男は嬉々としてマサさんの顔を見た。

「なぜだか分かるかい?」

ニヤニヤしつつ、種彦さんをチラッと見る。

「こいつの心中相手ってのが、野郎だったからさ――こいつは、男と心中しやがったんだ」

みんながハッとしたように種彦さんを見た。

種彦さんの顔は、青ざめているのを通り越して、白っぽくなっていた。

私の混乱は強まるばかりだった。何かとても衝撃的なことを――記憶がないという種彦さんの昔の話を聞いているらしいのだが、「しんじゅう」の意味が分からなかったので、ただうろたえ、ただ怯えているだけである。

男は、自分の話が周囲に与えた効果に満足したらしく、至極満足げに頷き、狡猾《こうかつ》そうな笑みを浮かべた。

「こいつぁ、考えようによっちゃ、別の特ダネだなあ」

同意を求めるように、周りを見回す。

「死んじまったほうの野郎ってのは、地元のお偉いさんの惣領《そうりょう》息子でねえ。両親は、恥を搔《か》かされた上に跡取り息子を失ったとあって、おめえのことを心底恨んでるぜ。おめえが見つかったら、裁判沙汰になっても不思議じゃない。地元の名家に恨まれたらどうなるか分かるだろう。おめえんち、ずっと村八分にされてたらしいぜ。おめえのお袋、野良仕事に出て卒中で倒れたのに、誰も助けてくれなくて死んじまったそうだ。おめえの弟と妹は、結局名寄にいらんなくて、二人ともどっかに働きに行ったきりだと」

種彦さんの頭がピクッと動いた。

お袋、という言葉に反応したようだった。

「なあ、おめえのことは黙っててやるから、これ、ほどいてくんねえかな。こいつらを説得してカメラを返してくれれば、見逃してやるよ」

男は身を乗り出し、種彦さんの顔をしきりに覗き込んでいた。

ふと、種彦さんの手が小刻みに震えているのに気付いた。種彦さんは、だらだらと汗を流していた。

その時、ふうっ、と長く低い溜息が聞こえた。

マサさんだった。

みんながマサさんを見た。

「お喋りはそのへんにしときな」

マサさんはとても静かに言った。

「ありがとよ。いろいろ親切に教えてくれて」

男はきょとんとしてマサさんを見上げた。

「それにしても——お前の親は、小さい頃に教えてくんなかったのか」

不思議そうな顔の男に、そっと話しかける。

「――口は災いの元って」

マサさんは、もう一歩、ずいっと男の前に歩み出た。

「死人に口なし、ともな」

しんと辺りが静まりかえった。いつもは目立たないマサさんが、この瞬間、急にぬうっと大きくなったように見えたのだ。

マサさんは薄く微笑んだ。

「一人で来たのは誉《ほ》めてやる。そりゃあ人数が増えたら、一人頭のお駄賃が減るからな。口が減らない割に、そっちの計算は抜け目ねえ」

「ひ、一人じゃない」

突然、状況の変化を悟ったらしく、男は血相を変えて叫んだ。

「下で車が待ってる。俺が戻らないと、ダチに連絡が行くことになってるんだ。俺がここに来てることはみんなが知ってる」

「ほう、みんなが、ね」

マサさんは笑みを絶やさなかった。

「じゃあ、そのみんなってのを教えてもらおうか。一人残さず。きっと、みんなお前のダチだったことを後悔することになるだろうがね」

男は、口をパクパクさせたが、言葉が出てこなかった。

顔面蒼白になり、マサさんから目を離さぬまま、後退《あとずさ》りして種彦さんの後ろに回ろうとする。

種彦さんは、様子がおかしかった。目の焦点が合っておらず、ぶるぶる震えながら冷や汗を流している。なにやら口の中で呟いているようだ。

男は種彦さんに擦り寄るようにして囁き始めた。

「おい、飛田。おめえなら勝てるだろう。怪童と言われたおめえなら、こいつらなんか相手になんねえ。なんとか助けてくれ、頼む、おめえの話なんか金輪際誰にもしねえから。逃がしてくれ。俺と一緒に逃げよう。助けてくれ。センセイの写真を売ったら、カネはぜんぶやってもいい」

声は次第に早口になり、甲高くなった。

が、種彦さんは反応しない。

「おい、飛田、おい」

男は悲鳴のように叫んだ。

突然、種彦さんが獣のような唸り声を上げた。

その大きな掌が、男の顔をがつっと正面からつかんだ。

なんて大きな手。

マサさんの顔色が変わった。

「タネ、よせ」

駆け寄ろうとした刹那、種彦さんは苦悶の声を上げ、手を大きく振り上げた。

「よせっ」

とっさに目を閉じていた。

マサさんの声にかぶさるようにして、何かが叩きつけられて壊れる、鈍いくぐもった音がした。

誰もが動きを止め、不気味な沈黙が裏庭に満ちた。

私は恐る恐る目を開けたが、そこに目を向けることができなかった。

いつのまにか、私の身体はがくがくと滑稽なくらいに震えていた。

ほんとうに、震えるんだ。ヒトの身体って、こんなに目で見て分かるくらいに、どうしようもなくぶるぶると震えるんだ。

震えながら、私は必死に頭を動かし、ちらっと庭に目をやった。

種彦さんの手が地面に押し付けられていた。おかしい、人の顔をつかんでいたはずなのに、頭をつかんでいたはずなのに、手の下にほとんど何もないみたいに見えるではないか。

おかしい。何か赤くて黒いものが、種彦さんの手の下に少しずつ広がっていくみたいに見えた。おかしい、そんなはずは。

しかし、地面に押し付けている種彦さんの手の下からは、男の肩と背中がぐにゃりと伸びていた。おかしい。そんなはずはない。

私は目を背け、膝に顔を押し付けた。

「タネ」

マサさんが静かに声を掛けた。

「俺の声が聞こえるか――いいか、ゆっくり手を離せ。よし、こっちを見ろ」

種彦さんが手を離したらしく、マサさんの声に安堵の色が滲んだ。

「俺が分かるな――そうそう、ずっとお前と一緒にここで働いてる俺だ。マサだ」

声は用心深く、ゆっくりと続いた。

「そういえば、さっきおかしな奴が来て、お前にとんでもない与太話をしてったが、タネ、そいつは間違いだ」

たまたま思い出した、という口調でマサさんは言った。

「おかしいな、と思ったらそいつはお前の気のせいだ。朝から忙しくて、お前、ちょっとばかしうたたねしてただろ。だから、突飛な夢を見ちまったんだな。そうだ、タネ、ちょっと片付けたいものがあるんで、裏の納屋から荷車を持ってきてくれないか。うん。急いで片付けないと。スコップも一緒に。さあ、行ってきてくれ」

種彦さんが立ち上がる気配があった。

ざっ、ざっ、と鈍い音を立てて歩いていく様子である。

足音はゆっくりと遠ざかっていった。

足音が聞こえなくなって、ようやくみんなが静かに溜息をつき、胸を撫で下ろすのが分かった。

「クソッ」

マサさんが小さく悪態を吐《つ》く。

「フィルムだけ抜き取ってさんざん脅しときゃいいと思ってたのに」

草履の音がして、文子が近付いてきたのが分かった。

「ううん、どっちにしても無理だったんだよ。こいつ、写真撮ってた。センセイはともかく、あの子まで」

「あの子」と言われてびくっとする。

その声で、彼女が「こいつ」をじっと見下ろしているところが目に浮かんだ。

「どっちにしても、駄目だったんだ」

文子は自分に言い聞かせるように呟いた。

マサさんが、低く呻《うめ》き声《ごえ》を上げる。

「畜生、やるんなら俺がやればよかった。タネの手を汚させるんじゃなかった。可哀想なことしちまった」

マサさんの声が暗い。

「こいつ――本当にただの特ダネ狙いのカメラマンなんだろうか」

文子が低く呟いた。

マサさんが息を呑む。

「まさか」

二人がボソボソ話しているが、あまりにも低い声で聞き取れなかった。

何を話しているの。何が起きたの。

ふと、私はずっと近くでもボソボソと話し声がしているのに気付いた。

気のせいだろうか。ひょっとして、自分の声だろうか。

が、それは壁の向こうから聞こえてくるようだった。

ひょっとして、この声は。

「初子さん、僕の解釈はちょっと違う。ああ、なるほど、君はそういうつもりだったんだね。ああ初子さん、さすがだね——ウン、素晴らしいね。初子さん——」

それは、久しぶりに聞く笹野の声だった。

彼は、既にこの世にいない令嬢と語り合っていたのだ。

私はゾッとするのと同時に、胸が締め付けられ、鼻の奥が痛くなるのを感じた。

なぜなら、壁の向こうから聞こえてくる笹野の声があまりにも優しく、あまりにも幸福そうだったからだ。

二十八

人は、自分の顔をいつごろから認識するものなのだろう。

墜月荘にいたころ、私は自分の顔を見た覚えがほとんどない。池にゆらゆらと映るぼんやりした顔や、暗い窓硝子を横切る影。そうしたものを見たことはあるが、それが自分の姿だとは思っていなかったような気がする。

むろん、私と同じように動いているものがあるな、と思い、ちらっと水の中や硝子の向こうで目が合ったりするのだが、それを自分と結びつけて考えなかったのだ。

今から考えてみれば奇妙なことだが、鏡を見ようと思ったこともなかった。

墜月荘では女たちが鏡台や手鏡の中をいつも覗きこんでいたが、それは彼女たちの仕事の道具であって、幼く何者でもない私にも同じ道具が使えるとは思えなかった。

洗面所に四隅が腐食してくすんだ鏡と、玄関の壁に丸い鏡が掛かっていたことは覚えている。しかしどちらも私の身長では顔を全部映すことができなかった。同年代の娘でもいれば、顔を突き合わせているうちに自分もその子と同じように成長し、少しずつ顔が変わっていくのだと思うだろうし、やがて感じのいい顔だとか器量良しだとか評価を気にし始めたことだろう。

しかし大人という生き物しか周りにおらず、鏡を見ることや見た目を気にすることが仕事である女たちしか目にしなかったことで、かえって、見てくれというものが自分に関係ないものだったのは確かだった。

あそこでは、私だけが異質な生き物だった。みんなが私を大事にしてくれたけれど、それは私が異質だからだと感じていたし、大事にされていたかもしれないが、まるで私が存在していないみたいに扱われていると感じることもあった。

そのせいか、いつしか、私は鏡を見てもそこに自分がいることに気付かなくなった。

いや、正直に言うと、私は鏡を見てもそこに映らなかったのだ。

普段、意識していない硝子戸などには影が映っていることがある。廊下を歩きながら、硝子の向こう側で一緒に動いていく影がちらりと視界の隅に見えることもある。しかし、それは刹那のことで、すぐに何も見えなくなってしまう。

しかし、鏡の場合は違う。

そこに鏡があって、今顔を上げたら自分の顔が映るはずだと思っていても、私は自分が映らないことを知っていたし、実際、顔を上げてもそこには何もなく、後ろの景色がすっかり見えた。

だから、あれは大きなきっかけだった——あのカメラマンが墜月荘に侵入し、命を落とした事件——種彦さんの出自が期せずして明かされた事件が。

子供の残酷さと傲慢さとを、改めて思う。

種彦さんに頭を潰され、一撃で命を落としたカメラマンには、なんら同情するところはなかった。あんなに恐ろしい思いをし、がくがくと滑稽なほど震えていた癖に、それよりも私の心の大部分を占めていたのは、全く別のちっぽけな、全く馬鹿馬鹿しいことだった。だが、そんな取るに足らないことが、やがて思いもよらぬところに皆を連れていくことになろうとは。

二十九

思わせぶりだ、といつも人になじられる。

おまえが悪いのだ、ハッキリせずに思わせぶりにしているから、人を誤解させるのだ、と言われる。

それは今に始まったことではない。

たぶん、私は頭が悪いのだ。おまけに、心の働きも鈍いのだ。見たこと、聞いたことの意味を考え、それに反応するまでの時間が人よりも余計にかかるのだ。

だから、当時も、自分が久我原に対して抱いていた気持ちが何なのか、結局最後まで分かることはなかった。その感情に何かの言葉を与えることなく、モヤモヤとその中に包まれ、苛立《いらだ》ち、怯えていた。

久我原の姿を一目見るだけで胸がどきんと波打ち、その姿が何日も焼き付けられたまま消えないことの意味を、考えてみることをしなかった。

今ならば、誰かに打ち明けてみるよう勧めるだろう。打ち明け話こそが、少女たち女たちの娯楽であり息抜きであると教えられるだろう。

しかし、かつての私はそんなことなど思いもよらなかった。誰かに相談する、頼る、頼む、打ち明ける、感じていることを話す。どれもが私の選択肢には含まれていなかった。含まれるどころか、そういった行為を思い浮かべてみたことすらなかったのだ。

ならば、今ならあの感情を何と呼ぶのか。

恋、恋心、あるいは恋情とでも呼ぶのだろうか。

否、どれも当てはまらない。今なおあの気持ちを表わす言葉は見つからない。あの胸を締め付けられるような息苦しさ、泣き出したい衝動にじっと耐える絶望感、それらの狂おしい瞬間が誰にも知られず、どこにも吐露されることなく失われていく虚無感。

それを、桃色のてらてらしたチラシやネオン看板にまで刷りこまれ、二束三文で安売りされているあんなありふれた単語で呼ぶことなどできようか。

つまり、蜘蛛の巣の衣装をまとって舞う姿を見た時から、私は久我原にそういう感情を抱いていた。いつも彼の姿を、顔を、いつまでも溶けない飴のように繰り返し何時間も、未練がましくしゃぶり続けていた。彼が身体のどこかに棲みついて、小さな泡をブクブクと発し続けていた。

彼は、初めて私にお菓子をくれた晩から、私を見かけると声を掛けてくれるようになった。むろん、お客さんと接触してはいけないことになっていたし、彼もそのことを承知していたから、一人でいる時にそっと、あるいは子爵か笹野と一緒の時だけ話しかけてきた。

彼は目敏《めざと》かったので、私が例のごちゃごちゃした悪趣味な中庭に潜んでいるのをサッと見つけては、ニッコリ笑いかけたり、手を上げてくれたりするのだった。

その笑顔、その瞬間を、私は貪るように吸い込み、来る日も来る日も飽きずに目の前に再現してみる。

そうだ、彼の絵を描いておけば、いつでも彼の姿を見られる、と思いついたことがあった。私の筆が描く顔が、驚嘆の目で「そっくりだ」と言われるまでになっていたのは自分でも承知していた。そうだ、彼の絵を描こう。スケッチブックいっぱいに、彼のさまざまな表情を埋め尽くせば、いつでも彼に会えるではないか。

胸が躍り、我ながらなんという素晴らしい思いつきだろうと舞い上がった。

どきどきしながら、スケッチブックを新調した。絵を描くことは、私にとってよい気休めであると考えられていたのか、画材に関してはほとんど好きなだけ調達してもらえたのだ。

しかし、いざ描こうとしてみると、何度試みても彼の顔の輪郭すら描くことができなかった。

そんな馬鹿な、と私は動揺した。他のものならいつも、ほんの一瞥で細部まで描いてしまえるのに、なぜか紙の上では彼の顔が像を結ぶことはなかった。

あまりに思い焦がれていたせいだろうか、と今なら受け流すことができるけれど、かつてはそのことに罪悪感を覚え、あんな気味の悪い幽霊ばかり描いていたせいだろうかと自己嫌悪に陥ったものである。
人の顔を絵に描くことで、私はおぼろげながら、人の美醜について考えるようになってい
た。美しい、ということがどういうことなのか、人がどういうものを美しいというのか徐々
に学習していったのだ。
概して、人は美しい顔が好きだということが分かった。
墜月荘にやってくる男たちは、特に「綺麗な」女を好むようだった。「可愛らしい」女や
「愛嬌のある」女も好きらしかった。顔立ちが整っていても、「冷たい」のや「表情がない」
のは良くないようだった。
私の三人の母のうち、私は莢子の顔がいちばん好きだったし綺麗だと思っていたが、男た
ちの基準からいうと、いちばん美しくて「男受けする」のは和江らしかった。文子は「派手
な」顔で、「きつい感じ」がするという。莢子は「上品で儚げ」で、「ある種の男にはすごく
魅力」だという話だった。
そして、女たちも「綺麗な」男が好きだった。墜月荘にやってくる男たちの中で、久我原
は、女たちのあいだでも「美しい」と評判だった。
そうか、あれが美しい顔なのか。

私は久我原の顔を思い浮かべ、形のよい鼻や、笑った時の口元などを宙に描いてみた。

ひょっとして、美しいから、私も惹かれたのだろうか。

そう思いついてびっくりした。そうか、私も大人の女たちと同じようなものを好むことができるのか。

その発見は、嬉しくもあり不快でもあった。自分は特別だと思っていたのに、そうではないと知るのはあまり楽しいことではなかったが、みんなと同じだと考えるとかすかに孤独が安らぐようにも思えたのだ。

しかし、気になるのは、久我原が女たちに人気がある、ということだった。

女たちの誰かが久我原を得るのだろうか。誰かが久我原と「できて」しまうのだろうか。

実際にどんな行為がそう呼ばれるのかも知らなかったくせに、私はそれが嫌だった。

久我原が女と一緒にいるところを考えると、みぞおちのあたりがどんよりと重くなり、喉元に嫌な味がしてくる。

私の知る限り、久我原は、子爵か笹野と来て夜中まで呑んでいるか、他の「カーキ色」とやってきて、長いことむつかしい顔で話し込んでいるところしか見たことがなかった。

もちろん、私が知らないだけだったのかもしれないが、女たちが噂しているところを盗み聞きすると、やはり馴染みの女はいないようだ。

久我原も、綺麗な女が好きなのだろうか。

私は心配になった。

墜月荘にやってくる男たちが、女たちの顔を見て露骨に評価を下すところをいつも見ているから、久我原もそうに違いない、と思った。「蓼《たで》喰う虫も好きずき」という言葉は知っていたが、えてして男たちは見てくれだけで女を判断する、というのが世の中の冷徹な事実のようであった。

そんなもやもやした不安を抱えていた時に、あのカメラマンの事件が起きたのである。

もちろん、あんな事件が起きたことは誰の口にも上らず、翌日には惨劇の気配は綺麗さっぱり消え失《う》せていた。荷車に載せられた遺体は、どこかに埋められたか、それこそ渓谷に捨てられるかしたのだろう。頭が潰れた遺体は、足を滑らせ谷間に落下したものとみなされるかもしれない。埋める場所には事欠かないし、焼却場で焼かれた可能性もある。ともかく、あれ以来、あの男に関する話題は一度も聞いたことがない。

だが、本音を言えば、あの男の肉体などどうでもよかった。捨てられ獣に喰われ山奥で朽ち果てようと、なんの罪の意識も感じなかった。

しかし、あの男の発した言葉だけは別だ――あの男が私を見て発した言葉だけは。

あの男は、私を美しいと言ったのだ。

末恐ろしいようなべっぴんだと。

それは、初めて聞く、「下界」からの私に対する具体的な評価だった。

そして、それは客観的な評価である、と私は直感で察知していた。「下界」の男たちが、私のことを美しいと思うだろうと、私はあの時悟ったのである。

そう、私はその言葉を発した男が無残に殺されてしまったあとも、その言葉を胸にしまいこみ、密かに有頂天になっていたのだ。

なんと愚かで、なんと傲慢なことだろう。

あの時私は初めて自分の容姿について考えたのだ。

それは、当時久我原について不安を募らせていたためであったろう。

あの時、私は初めて思ったのだ――私が美しいのならば、ひょっとして久我原も私を気に入ってくれるかもしれない、と。

三十

自分の容姿について考え始めた時、改めて興味を持ったのは、自分の産みの母であるという和江のことだった。

美しくて男受けするという和江。

ならば、私はその母に似ているのだろうか。

不思議に思うのは、自分の容姿に興味を持ったのならば、まずは鏡を探せばよかったのに、ということだ。誰かの手鏡でも、白粉のコンパクトでもいい。身近に女性が山ほどいたのだから、鏡を探し出してじっくり自分の顔を見てみればよかったのだ。

莢子の部屋にも、隅っこに縮緬《ちりめん》の布を掛けた、古ぼけて小さな鏡台があった。「べんきょう」の前でもあとでも、あの縮緬をめくってみればよかったのだ。

なのに、あの時の私はそうしようとは思わなかった。

なぜならば、自分は鏡に映らないと思っていたからである。

鏡を見ても、私の顔は見られない。私には、私の顔を見ることができない。

そう信じ込んでおり、実際そうだった私は、鏡を探そうとは考えなかった。

では、どうしたのか。

和江の顔を見に行ったのである。

自分を産んだという女の顔。その顔を見れば、自分がどんな顔をしているか分かるのではないか。

それはとてもいい考えのように思えた。すぐそばに血縁者で自分に似た顔をした人がいるのなら、見に行けばいい。

その時の私は、奇妙な有頂天気分が続いていた。久我原に気に入ってもらえるかもしれない、という希望はあまりにも燦然《さんぜん》と私の頭上に輝いていて、それ以外のことをあっさり忘れさせた。

かつて私が和江の部屋に恐ろしいお化けを見たこと、それが和江と同じ顔をしていたことも、和江が赤鉛筆を舐めては孔雀の声を出すこともすっかり失念してしまっていた。

やはり、私はどうしようもなく愚かで頭の悪い子供だったのだ。

もしかすると、あの頃の私は墜月荘の日常のそこここに埋まっている「恐ろしいこと」に慣れてしまい、「恐ろしいこと」の発する何かの予兆や信号を感じ取ることができなくなっていたのかもしれない。

近くから和江の顔を見るにはどうすればよいのか。

私は悩んだ。

和江は、日中のほとんどを二階の角のあの部屋で過ごしていて、めったに外に出ることはない。交流部に足を踏み入れることは私には許されていないから、和江の部屋に入るわけにはいかないし、あの令嬢の末路を目の当たりにしていただけに、それだけはこちらからも願い下げだった。

悩んでいるうちに、ふと、あの時ならば見られるかもしれないと気付いた。

墜月荘には、月に一度「検診」と呼ばれるものがあった。

恐ろしく高齢で、もはや身体が小さく縮んでしまっている医者と、やはり高齢の——といっても、こちらは六十前後ではないかと思ったが——大柄で頑健そうな看護婦が、どこからともなく車に乗ってやってきて、女たちの「体調」を診るのだった。

お客さんから病気を貰ってないか調べるんだよ、と誰かが言っていた。その逆がないかどうかもね。

そう言われても、私には感染《うつ》る病気は風邪くらいしか病名を思いつけなかったのだが、私が熱を出した時も、この医者が来てくれたし、あの令嬢に文子が「口の堅い医者」と言ったのは彼のことだろう。

寡黙で青白い顔をした医者は、「ミノ先生」と呼ばれていた。どういう字を当てるのか渾名なのかは分からなかったが、看護婦も、文子たちもそう呼んでいた。女たちの「検診」が終わったあとで、いつも私たちのいるほうにやってきて、志のぶさんの様子も診てくれていた。なんとなくこの二人は似ているなと思ったのは、たぶん二人が同じくらいの高齢だったからかもしれない。

志のぶさんも、彼にはおとなしく従っており、聴診器を当てさせるのだった。「検診」が終わると、二人はボソボソと聞き取りにくい言葉で長いこと話をしている。

「検診」は、私たちが棲んでいる家の、裏の広い土間が俄《にわ》かに診察室になった。

この「検診」の時だけ、和江はヒサさんに付き添われてよろよろと部屋を出てきて、ぼんやりと女たちの列の後ろに並ぶのだった。

私はこの「検診」の時は部屋でじっとしているように言われていた。順番を待つ女たちのお喋りや笑い声を、襖《ふすま》のこちら側でいつも聞くともなしに聞いていた。そのあけすけな会話の内容はほとんど分からなかったが、久我原が美しいと評判であるという情報を仕入れたのもここだった。

もうすぐ「検診」の日だ。その時なら、裏口のところに並んでいる和江の顔をじっくり眺めることができる。

この機会を逃すわけにはいかなかった。

私は、家の中をうろうろし、どこからならば裏口に並んだ和江を相手から悟られずに見ることができるか検討した。

なかなかいい場所は見つからなかった。廊下の掃きだし口からは足しか見えないし、そもそも私が部屋を抜け出していることがバレてしまう。母屋の中はむつかしいということが分かった。

そこで、最初から「検診」の時に家を出ていることにした。私が庭の隅っこで独り過ごすことが多いのを知っているから、誰もわざわざ捜しに来たりはしないだろう。

しかし、交流部の渡り廊下を見張るのとは違って、元々人目につかない場所に建ててある家の、しかも裏口を見られる場所がそうそうあるはずもない。

私は焦った。この機会をみすみす逃してしまうわけにはいかない。

海でも見ながらもう一度考えようと、私は「月観台」に上がった。

この時も、遠い海の欠片は青みがかった灰色に鈍く輝いていて、私は無意識のうちに深い溜息をついていた。

いったい私は何をやっているんだろう、と不意に虚しさがこみ上げてきたのだ。

それまで自分の境遇についてきちんと考えてみたことはなかったが、もしかしてとても奇妙な、とても異常な状態にいるのではないか、という不安を覚えたのもこの時が初めてだった。

それは、経験したことのない茫漠とした不安だった。自分が間違った場所、ひどくいびつなところにいる、取るに足らない惨めな存在だという不安。世界の片隅で、人生が始まりもしないまま朽ちていく予感。そして、今はまだかろうじて何かから守られているのだけれど、その外側には荒涼たる空間が広がっているという畏怖。

遠い灰色の三角形を見つめているうちに、気持ちはどんどん沈みこんでいった。制御しようのない不安に駆られ、私はぶるんぶるんと首を振り、何気なく後ろを振り向いた。

その時、ヒサさんが目に入った。

あれ。

私は胸を塞いでいる不安も忘れ、伝票らしきものをパラパラとめくっているヒサさんのしかめ面を見つめた。

これはどういうことだろう。あれは、裏口のところだ。傘立てに使っている信楽《しがらき》の大きな壺が見える。

私は、月観台の隅ににじり寄ってゆき、首肯した。

この家は斜面に建っているので、二階部分の上に設けてあるこの月観台——正確には、物干し台だが——は、実際のところ母屋の一階の裏口とそう距離的には離れていないのだ。

再び、高揚感が戻ってくる。

ここなら打ってつけだ。相手には気付かれず、じっと観察することができる。女たちが洗濯をするのは朝だから、誰かがここに上がってくることもないはずだ。

あとは雨が降らないことを祈るだけだった。私はいそいそと月観台を降りて、「検診」の日を待った。

三十一

和江の体調には「むら」があった。

いつもあんな奇声を張り上げているわけではなく、穏やかに微笑んでいる時もあり、調子がいい時には僅かながら会話もできた。

そんな時は、本人が望んで、さやえんどうの筋を取ったり、蚕豆《そらまめ》の皮を剝いたりしているらしかった。元々手先が器用なたちらしく、梅酒に漬けるための梅のへたを、和江が竹串を扱いすごい速さでこそげているそうだ。

決まって調子が悪くなるのは、嵐が近付いている時と、あの男が訪ねてきた時だった。かつて、宙に浮かんでいる和江を見た時、部屋の中で座っていたあの紳士は、月に一度か二度、訪ねてきた。

座る場所も、正座してじっとうなだれているのも同じだった。

和江はあの紳士が座っているあいだ、いつもカラッポの鳥籠を眺めていた。そこに見えない鳥がいるかのように、ちっちっと鳥のような鳴き声を上げ、彼を無視して彼女にしか見えない鳥と戯れるのだ。

紳士はそんな仕打ちに抗議するでもなく、彼女に合わせるでもなく、ただじっと畳の一点を見つめて座り続けていた。

一度だけ、たまりかねたように顔を上げ、何事か呼びかけるのを目にしたが、和江は全く反応しなかった。彼は顔を赤らめ、逡巡していたが、やがてあきらめたようにまた視線を落とした。

そんなふうにして一時間から二時間、紳士は咎人《とがにん》のように和江の前でうなだれ、やがて疲れたような顔で帰っていくのが常だった。

彼がいるあいだ、和江は素知らぬ様子でおとなしくしているのだが、姿を消したあとで必ず荒れた。

唾を飛ばし、猛々《たけだけ》しい孔雀の叫び声を上げ、部屋のものを放り投げ、壁に頭を打ち付けるのだ。割れるものは彼女の周りには置かれず、床の間の軸もニセモノで、花立てすら小さな竹籠に造花が挿してあるだけだった。他の女たちの苦情を受けて、マサさんたちが和江を宥《なだ》めにいくのだけれど、彼女はめちゃめちゃに暴れ、信じがたいような力を出すのでいつも二人か三人がかりである。

あの男を会わせなければいいのに、と思うのだが、会わなければ会わないでもっとひどい状態になるらしい。和江とはどんな関係なのかは分からないが、どうやら彼は和江がああいう状態でいることに関係しているらしかった。

待ちかねた「検診」の日、和江の状態はあまりよくなかった。ちょうどその前の晩、あの紳士が来ていたのだが、いつになく激しく荒れたため、ミノ先生が夜中に呼ばれて注射を打ったという。

ミノ先生は慣れているのかいつも通り淡々と墜月荘にやってきたが、和江は薬がまだ残っていて、ふらふらしている様は明らかに危なっかしかった。

ヒサさんに連れられて列に並んだ和江はやたらと身体を前後に揺らすので、前に立っている女は迷惑そうに何度も後ろを振り向いた。

私は、「庭で遊んでくる」と前もってヒサさんに言って家を出、すぐさま身体をかがめて月観台に上がると、床に貼りつくようにしてかつて見つけておいた位置に近づき、そっと下を覗きこんで和江の様子を窺っていた。手ぬぐいやら浴衣やらが沢山干してあったので、それも目隠しになると安堵していたのだ。

もう少し列が進めば、和江の顔がはっきり見えるのだが、今は前に並んでいる女しか見えない。いつもは襖越しでところどころしか聞こえない女たちの会話が残らず聞こえるのに驚いた。

「和江ちゃんもさあ、どこかいい病院にでも移してやりゃいいのに」

「まだ許せないんだねぇ、あんなにしょっちゅう来てるってのにさ」

ヒソヒソ声が上がってくる。

「あれ、義理の弟なんでしょ。お兄さんが和江ちゃんの旦那でさ。なんかお勤めの時に事故かなんかで亡くなったらしいんだけど、それが旦那の弟のせいだと信じ込んでてあんなにな
っちゃったって」

「お勤め中って、なんの」

「カーキ色だよ、和江ちゃんの旦那さんは陸幼《りくよう》の偉いさんだったって」

「エーッ、どうしてそんな奥様がこんなとこにいんだい。兵隊さんの後家さんは恩給が出るって聞いたけど」

「さあね。そこまでは知らないよ」

「シッ」

女たちの声が小さくなった。声を低めたので、その先は聞こえない。

義理の弟、の意味はかろうじて分かった。結婚相手のきょうだい。

じゃあ、あの紳士は、和江と血は繫がらないながらも親戚なのだ。

「検診」を終えて出てきた誰かが下卑た冗談を言ったらしく、すれた笑い声がドッと上がった。

列が動いて、和江が視界に現れる。

私は息を呑んだ。

こんなに近くから、こんなにはっきりと和江の顔を見たのは初めてだった。

衝撃を受けたのは、そのやつれようだった。

前の晩にさんざん暴れ、薬を打たれたとあって、目は落ち窪み、ひどい隈ができている。顔色は土気色に近く、どうにか結い上げた髪もほつれて額や頬に落ちかかっているのが彼女を老けさせていた。肌は薄く、静脈が浮かび、発疹《はっしん》でも出ているのかうっすら斑《まだら》模様が見てとれる。

しかし、気を取り直してみると、彼女が美人であるというのは嘘ではなかった。形のいい眉にくっきりした二重まぶた、長い睫《まつげ》毛に肉感的な唇。これで髪を整え顔色がよかったら、確かにとても綺麗な人だと思っただろう。

私は複雑な心地だった。

私もこういう顔なのだろうか。私もこんなふうに見えるのだろうか。いくら顔立ちが綺麗だといっても、ここまでやつれて表情が死んでいると、なんとも哀れである。しかも、その見るも哀れな女が私を産んだ女だというのだ。

がっかりして、全身から力が抜けていくのを感じた。

と、後ろから突風が吹き抜けた。

私の頭上で浴衣がばたばたと煽《あお》られ、私の髪を乱暴に撫でていく。

思わず、上半身を起こし、浴衣をつかんでいた。

和江も風に頬を打たれ、目を細めた。物干し場でばたばたいう浴衣に気付いたのか、ふと顔を上げてこちらを見た。

和江と目が合う。

アッ、と思い、一瞬動けなかった。

和江の目が見開かれ、ぽかんと口が「あ」の形になる。

その時、驚くべきことに、私の胸に甘美な期待が湧き起こってきたことを告白しなければならない。

そう、私は期待した。

もしかして、私の名を呼んでくれるのではないかと。

もしかして、私のことを覚えていてくれたのではないかと。

もしかして、これが母親というものとの感動的な対面なのではないかと。

胸に甘酸っぱいものがこみ上げてきて、私はそんな期待を抱いてしまったのだ。

しかし、次の瞬間、それらは消し飛んでいた。

和江の顔に浮かんだのは、まず恐怖だった。

「バケモノを見た」という顔。信じられない存在を目撃したという目。

その表情に、私は身を凍らせた。

次に浮かんだのは御しがたい嫌悪だった。おぞましい毒虫か、汚らわしいものを目の当たりにした時の反応。

私は自分の勘違いを悟った。

そして、そのあとに噴き出すような凄まじい憎悪が浮かんだ。

またしても、私は和江の顔が音を立てて十倍くらいに膨れ上がるのを見たような気がして、思わず身を縮めていた。

あの時の、宙に浮かんでいた時の顔。「匕首」の頭上に見えた顔。それらと同じ、凄まじい形相の顔が今そこにある。そしてそれは誰でもない私に向けられているのだ。

「アクマァッ」

和江は唾を飛ばし、引きつった声で叫んだ。

目は白眼に裏返り、硬直した筋が細い首に青く浮かぶ。

「アクマッ、悪魔めえぇっ」

頬を打たれたかのように、私は床の上に這いつくばった。

心臓が激しく鳴る。全身が熱くなり、指先が震えているのを感じた。

「悪魔だっ、悪魔だあっ、追いかけてきたんだ、悪魔がっ」

まるで男の声のように、野太い声が裏庭に響き渡った。

「和江ちゃん、ちょっとどうしちゃったのよ」

「和江ちゃん、落ち着いて」

「先生、ミノ先生、和江ちゃんが」

大騒ぎになるが、和江が暴れ回っている声が聞こえ、女たちの悲鳴と混じりあった。

「悪魔だあっ、悪魔がいるっ、カエセ、あの人をカエセ、返せぇっ」

和江が喚《わめ》き散らしている。

「うわっ、いつもよりひどいよ、泡吹いちゃってるよ」

「どうしたんだよ」

「クスリが多かったんじゃないのかい」

怪訝《けげん》そうな声が上がってくる。

「誰かいるの」

私はギクッとして、全身から血が引いた。どうしよう、誰かがここに上がってきて私を見つけたら。

「違うよ、きっとあれだ、浴衣がはためいたのを見たんだよ。誰かいると思ったんだ」

「ああ、突風で」

それきり物干し台のほうに対する興味を失ったらしいので安堵する。

男衆たちが駆けつけてくる気配がした。それでも和江は暴れているらしく、みんなが当惑したり宥めたりする声がする。

しかし、私はその声をずっと遠くに聞いていた。

ただ、震えながら、凍りつきながら、床に這いつくばり、ささくれた板の棘《とげ》を頬に感じていた。

悪魔。

私を産んだ女は、私を見てそう言ったのだ。

彼女は私のことをはっきり認識していた。その上で、私の顔を恐怖し、嫌悪し、憎悪を爆発させたのだ。

悪魔。

和江の表情が繰り返し頭の中で怒りを爆発させている。和江の野太い声が鐘のように鳴り響いて私を罵《ののし》っている。

それをどうやって消したらよいのか分からず、私は震えていた。

涙と涎《よだれ》がとめどなく流れ出し、物干し台の床を濡らしていくのをただ感じているだけだった。

三十二

悪魔。しばらくのあいだ、その言葉が頭から離れなかった。和江の顔に浮かんだ嫌悪の表情が目に焼きつき、夢の中でも繰り返し私を罵った。私は塞ぎ込み、部屋にこもっていた。具合でも悪いのかと萊子たちが心配したが、私は何も言わなかった。

悪魔。それは西洋のものだと萊子から教わっていた。

山羊の頭に鳥のような足、長く尖った尻尾を持ち、たいそう醜く、人々を惑わし苦しめる、人々に忌み嫌われる恐ろしい存在なのだと。

悪魔。私は、産みの母親から面と向かってそう言われたのだ。

衝撃ばかりが身体の中であちこちにぶつかり跳ね返って、その痛みが何日も私を苦しめた。あまりの情けなさ、惨めさを限りなく反芻《はんすう》しているうちに、涙を流していることもしばしばだった。しかし、そのあとにやってきたのは、癒しがたい屈辱感だった。

屈辱。ほんの一瞬、母としての言葉を期待した自分。もしかして、感動的な再会になるのではないかと甘く希望した自分があまりにもおめでたく、そんな期待を抱いたことが何よりも悔しかった。淡い期待を胸に月観台の上から和江を見つめた自分をひっぱたいてやりたくなる。拒絶された驚きや淋しさが、じわじわと屈辱に変化していく。

屈辱の鉛のような重さが、更に冷たい怒りへと変質していくまであと一歩のところに来ていた。和江に怒り、憎まなければ、私は自分を守ることができなかったのだ。

どす黒く重い屈辱の鉛を抱えて、私は鬱々と日々を過ごした。

このところあまり近寄らなかった、炬燵のある八畳間に足を踏み入れたのは、なぜかあの部屋の空気が、私のささくれだった心に馴染むように感じたからかもしれない。

私は些《いささ》か乱暴に部屋に入ってゆき、隅にぺたんと腰を下ろして一人トランプで遊び始めると、志のぶさんがふとこちらを見た。何かまた文句を言われるかと思ったが、私は投げやりな気分だったので、文句を言うなら言え、こちらこそ「うるさい」と叫んでやる、と心に決めていたのだ。

が、志のぶさんは何も言わず、じっと私を見ていた。濃い色の眼鏡の奥の目は見えず、私が見えているのか、何を考えているのかは分からなかったが、私に興味を感じていることはなんとなく伝わってきた。

そんなことは初めてだった。志のぶさんは、普段はうつらうつらし世界を無視しているが、他人が近くに来ると唸り声を上げ煩わしげな表情を浮かべるか、野生の獣のように自分の近くに入り込もうとするのを舌打ちして拒絶するかのどちらかだったからだ。

私はそんな志のぶさんの態度に内心驚いていたが、知らん振りをしたままトランプを並べていた。

が、ますます驚くべきことに、志のぶさんはにたっと笑ったのだ。

私はぎょっとして、思わず腰を浮かせた。

彼女が笑うのを見たのは初めてだった。見てはいけないものを見たような気がして、なんとなく部屋の中を見回してしまったくらいだ。

なぜあの時だけ、志のぶさんが私にあんなものを見せたのか、今なら分かるような気がする。

志のぶさんは、あの時私が抱えていた鬱屈したものや、やり場のない怒りや怨嗟《えんさ》といったものに反応したのだろう。私が発していた暗い負のオーラを感じ取ったのだ。なぜならば、その負のオーラは、普段の志のぶさん自身が発していたものであったから。

普段誰よりも不機嫌で怨嗟の呟きを繰り返していた彼女は、部屋に入ってきた小さな子供が同じものを発していることに引き寄せられたのだ。

志のぶさんがこちらに身体を向けるのを見て、私は驚いた。明らかに、私に何かを言おうとし、見せようとしていたからだ。

志のぶさんは、もどかしげに、いつも抱えて離さないビーズのがま口を手に取り、口金をもぞもぞと撫でさすっていたが、ようやく蓋を開いた。

私は息を呑んだ。あのがま口を開けたのを見たのは初めてだった。

志のぶさんは、中からのろのろと白いものを取り出した。

最初、それが何か分からなかった。

私はそうっと身を乗り出して、恐る恐るそれを見た。

小さな人形だった。

大雑把な造形であるが、人の形をしている。

布で出来たものではない。石鹼だろうか。つるつるした表面が鈍く光っている。

志のぶさんが、もうひとつがま口の中から取り出したものを見て、再び息を吞む。

それは大きな縫い針だった。針の孔《あな》は大きく、白い木綿糸が通してある。

志のぶさんは、もう一度ニタリと笑った。これが私の見た二度目の、そして最後の笑顔だった。彼女はおもむろにその針を、小さな人形に突き立てた。

私は、まるで自分が心臓を突かれたかのようにびくっと身体を震わせた。

志のぶさんは平然と、そして執拗に、何度も何度もその小さな人形を針で突いた。

その様子を見ているうちに、だんだん分かってきた。その人形は蠟で出来ており、よく見ると、中にぼんやりと茶色いものが入っている。じっと見ていると、それが、誰かの頭髪らしいと気付いた。

そして、志のぶさんは今まさに誰かを呪っているのだということも。

背筋がぞくっとして、私は身震いした。

彼女は、私が抱えている呪詛《じゅそ》の感情に応えてみせたのだ。こんな方法があると、私に教えてくれたのだ。

私は半ば呆然と、空恐ろしいような心地で志のぶさんの手元を見つめていた。

唐突に、志のぶさんは針を刺すのを止めた。

彼女はがま口に針と人形を押し込むと、ぱちんと口金を閉め、ぷいと向こうを向いてしまった。それっきり、私がいることなど忘れてしまったかのように、またうつらうつらとかすかに身体を揺らし、口の中でブツブツと何かを呟いている。

彼女が針で突いていた人形の痛みが、私の中で再現されているような気がした。執拗に突き立てられる針。その針を握っているのは、恐ろしい形相の自分なのだ。そんな生々しいイメージに、私は背筋が冷たくなった。

私はそろそろと志のぶさんから離れ、なんとかトランプに意識を集中させた。それでも、チクチクと身体に刺さる針の痛みを感じ、同時にひどく後ろめたい気分に襲われた。

三十三

結局、私は和江を呪うことは出来なかった。呪いの蠟人形を作り、中に和江の髪の毛を入れ、針を突き立てることはしなかった。和江に対する怒りや屈辱は熾火《おきび》のようにずっと私の中にくすぶっていたが、屈辱を反芻しようとすると、志のぶさんが凄まじい笑みを浮かべて針を刺しているところを思い出してしまい、なんとなく気持ちが萎えてしまうのだった。

それに、時間が経つにつれ、徐々に和江の言い分もあながち外れていないような気がしてきていた。

私はどこか異常なのではないか。和江にあんな表情を浮かべさせ、あんなふうに罵られるべき理由は私にあるのではないか。そんな疑惑が少しずつ膨らみ始めていたのだ。

私は、自分が置かれている異様な状況に気付き始めていた。通いの女たちの話から、同じ年頃の子供たちは決して私のような生活を送っていないのだということも、なんとなく聞き知っていた。どうして私だけがこんな生活なのか、どうして他の子供のように学校に行ったり、同年代の子供たちと遊んだりしないのか、どうしてこんなところにいるのか。そのすべてが、私がおかしいからだという回答に繋がっていくように思えた。

そんなふうに気持ちが傾いていくと、また和江の様子が気に掛かるようになってきたのだった。ずっと和江の姿を見ないようにしていたし、和江の名前を聞いただけで逃げ出していたのに。

あの一件以来、和江はちっとも安定しなくなった。女たちはいよいよ迷惑がり、その結果投与される薬が増え、いよいよ和江はやつれて土気色になり、目ばかりぎょろぎょろさせて意味を為さない言葉を喚き散らしていた。その姿がひどく哀れに思え、私はなんとも物悲しい心地になった。

そして、あの夜がやって来たのだった。

その日は朝から低気圧が近付いてきていて、蒸し暑かった。午後からバタバタと気まぐれに暴力的な風が吹き、私はずっと食欲がなかった。

こんな日は、また和江の具合が悪くなる。

ほとんど減っていない朝食の膳を片付けながら、そんなことを考えたのを覚えている。

後から分かったことだが、この日の翌朝、和江はついに遠い療養所に移送されることが決まっていた。和江はもうほとんど眠ることができず、泣きながら歩き回ったり、夜中に叫び声を上げたりということを日がな続けていた。調度品を壊したり、汚したりというのも日常化していた。他の女たちや、世話する男衆たちが音を上げたのである。それに、和江の殺伐とした様子は、商売にも大きく差し障りがあるようであった。客が気味悪がったり、うるさがったりしたのである。

彼は、移送の件をどこからか聞き知ったのだろう。墜月荘の馴染みの客から教えてもらったのかもしれない。文子たちは、和江をよそに移すことを極力内緒にしていたからだ。

この日、和江はおとなしかった。

むっとするような天気に、頭痛持ちの女たちは不満を洩らしていた。真っ先に和江がイライラしそうなものだったが、もう和江には騒ぐ体力も残っていなかったのかもしれない。

あるいは、何かを予感していたのだろうか。

あの空っぽの鳥籠を見つめる視線の先に、自分の未来を見ていたのだろうか。

和江は糸の切れたあやつり人形のように、じっと部屋に蹲《うずくま》っていた。

日が暮れるのと同時に雨が降り出した。

風がいよいよ強くなり、離れのほうでは男衆がばたんばたんと雨戸を閉め始めた。

しかし、和江のいた部屋は開け放されたままだった。和江は雨が吹き込むのにも構わない様子で、鳥籠の下のところでじっとしている。男衆の一人が和江の部屋にも来たが、おとなしくしているので何も言わないほうがいいと判断したのだろう、すぐに引き揚げていった。

例の紳士がやってきたのは、かなり遅い時間だった。

青ざめた顔で、濡れた外套《がいとう》を着たまま交流部に上がり込む。

文子が当惑した様子で応対しているのが見えた。ずんずん入ってくる紳士にとりすがるようにして廊下をやってくる。

「今日はもう、和江は休んでいます。薬が効いているようで」

「明日はよそに送られるんだそうですね」

文子の言葉を遮るように、紳士は言った。

「どうしてそれを」

文子の顔色が変わったが、紳士は首を左右に振った。

「誰からでも、もはやどうでもいい、本当なんですか」

文子に詰め寄ったが、文子は黙り込む。それを肯定と受け取ったのだろう、紳士は文子に懇願した。

「仕方がないことは分かっています。ここでは長いこと義姉の面倒を見てくれた。感謝しています。ですから、最後に挨拶をさせてください。頼みます。これで最後ですから」

深々と頭を下げる紳士に、文子が折れた。

「薬が効いてぼうっとしてますから、もしかすると柴田《しばた》様のことが分からないかもしれません。それでもよござんすか」

紳士は頭を下げたままだ。

「ちょっとだけですよ」

文子が渋々言うと、紳士はもう一度頭を下げて、勝手知ったる交流部の二階に上がっていった。

がらりと襖が開いて、紳士が和江の部屋に入ってきた。

濡れた外套が、部屋の明かりにぬれぬれと光っている。

その姿は、どこか不吉に見えた。濡れた大鴉《おおがらす》が部屋に入り込んでいるようだ。

和江は振り向きもしなければ、反応もしなかった。ぼろきれのように、そこに居るだけである。

「和江さん、別れの挨拶に来ました」

紳士は、和江が全く反応しないのにもお構いなしで話しかけた。

「たぶん、二度とお目にかかることは叶わないでしょう。私もじきに外地に送られることになりそうです。兄の代わりに」

紳士は、外套を着たまま和江の脇に膝を突いた。

彼の顔は、真っ青を通り越して白っぽくなっている。目が大きく見開かれ、瞳には異様な光があった。

「和江さん、覚えていますか。兄と貴方と僕の三人で、伊豆《いず》に紅葉狩りに行きましたね。あの時は楽しかった。貴方の薄紫の小紋が紅葉にとても映えて、貴方はこの世のものならぬ美しさでした」

紳士は、和江に話しかけつつも、どこか遠い一点を熱っぽく見つめている。

「貴方は祝言《しゅうげん》の前にこう言ってくださいました。本当に想っているのは僕のほうだと。親どうしの取り決めやいろいろなしがらみがあって兄と一緒になるけれども、私の心は貴方にあると言ってくださいましたね。貴方のあの一言が、どんなに嬉しかったか。貴方があぁ言ってくださったことで、僕はこれからも生きていけると思いました。あの一言だけが、僕の行く手を照らし、僕の生きるよすがになったんです」

紳士の目は熱病患者のように輝いている。

「兄は気付いていた。何も言わなかったけれど、貴方と僕との仲を疑っていた。兄は貴方を虐《いじ》めるようになった。貴方は耐えていた」

和江の目はビー玉のようにがらんどうだった。紳士の言葉が聞こえているようには見えない。

「兄が僕との仲を問い質《ただ》して貴方を折檻した時も、貴方は抵抗しなかった。僕がどんなに苦しんだか。貴方が今も兄になぶられていると考えただけで気が狂いそうだった」

紳士がぶるっと震えた。目に暗い光が宿る。

「兄は僕と貴方への復讐を考えた。あまりにむごい——兄は、貴方を上官に差し出した——貴方を上官の妾《めかけ》にし、おのれの出世との引き換えにしたんです。なんでも、上官の妻は子供が出来ないたちで、子供を欲しがっていたとか」

紳士は誰にともなく語り続ける。

「貴方はやがて身籠った。難産だったと聞いています。いっときは貴方も死線をさまよったと」

風がユラユラと窓辺の鳥籠を揺らしている。

「貴方はもう僕に逢ってくださらなくなった。兄の目を盗んで至福の時を過ごしていた頃が夢のようです」

沈黙。

「生まれた子供は取り上げられ、貴方はすっかり参ってしまった。身の回りのこともできなくなり、兄は貴方をこんなところに放り込んだ。なんでも、その子供の母親の存在が世間に知られてはまずいのだとか」

紳士の顔が歪んだ。

「私は兄を憎んだ。本当に、激しく憎んだ。殺してやりたいと思った。いろいろな手立てを考えた。刺し殺してやろうか、撃ち殺してやろうか、嬲《なぶ》り殺《ごろ》しにしてやろうか、その上官という男も一緒に殺そうかと、毎晩毎晩、眠ることもできずに考え続けた」

ふと、気弱そうな表情になると、彼はおずおずと和江の顔を覗き込んだ。

「だけど、誓って言います、あれは僕じゃない。僕は兄貴を殺してはいません。本当にあれは、演習上の事故だったんだ。あんなところに塹壕《ざんごう》が掘ってあったなんて、僕も兄貴も知らなかった。本当だ。僕は殺しちゃいない。確かに、兄貴を殺したいほど憎んでいたけれど、僕が手に掛けたなんてことはない。信じてくれ」

紳士は両手で顔を覆った。

「なのに——なのに、貴方は信じてくれなかった」

和江の身体にすがり、激しく揺さぶる。

けれど、やはり相変わらず和江は反応しなかった。揺さぶられるままに頭をがくんがくんと前後させているが、口はぼんやり半開きになっている。

「兄との生活が苦痛だといつも僕に訴えていたくせに、貴方と一緒になりたいといつも泣いていたくせに、兄が死んだとたん、貴方は僕を責め始めた。まるで自分がずっと兄貴の貞淑な妻であったかのように、僕を非難した。人殺し、あの人を返せ、あの人を返せと僕をなじり、僕を罵るようになった」

「あんまりじゃありませんか。兄もいなくなったし、僕は貴方と一緒になるつもりだった。誰かの子を産んだことなど気にしない。一緒に生きていこうと提案したのを、貴方は激しくつっぱねた」

紳士は天を仰ぐ。

「分かっています。分かっている。貴方が兄に対して罪悪感を抱いていること。あるいは、僕に対しても、どこぞの男の子供を身籠ったことに後ろめたさを感じていること。ええ、分かっています、貴方はその両方に耐え切れなくなった。だから僕を拒絶し、僕を罵り、一人この部屋で壊れていったんだってことは」

「でも――でも、僕はやはり」

紳士は自分の目を乱暴にこすった。泣いているのかもしれない。

和江が、突然パッと手を挙げた。

紳士はハッとする。

和江が挙げたほうの袂《たもと》から、何かが転がり出た。

紳士がのろのろと取り上げたのは、ちびた赤鉛筆である。

和江は、ぱたりと手を下ろした。自分でも手を挙げたことに気付いていない様子である。

紳士は、じっと赤鉛筆を見つめていた。

「ああ、懐かしい――貴方は子供たちに綴り方を教えていましたよね――子供たちの綴り方をよく楽しそうに読んでいましたっけ。大きな花丸をつけてあげるのが楽しいと言ってましたっけね」

和江がぴくりと反応した。

「綴り方」

口の中で呟く。

紳士は和江を見た。

和江は手さぐりをした。紳士の手を探り当て、彼が握っている赤鉛筆に気付くと、それを取り上げようとする。

「和江さん」

和江はきょろきょろし、急に目の焦点が合ったかのように紳士の顔の正面で目を留めた。見つめ合う二人。

紳士の目には、傷ましさと愛おしさが入り混じった複雑な色が浮かんでいる。

ふと、和江の目に光が戻った。

何か柔らかなものがどっとその目に流れ込んできて、小さく瞬きをすると、和江は懐かしそうな笑みを浮かべた。

その瞬間の彼女は華やいだように美しく、少女のような恥じらいが、かつての歳月を巻き戻したかのようだった。

「ああ、貴方、やっと」

和江のその声は、しっとりとして愛情に溢れている。

紳士の目にパッと希望が弾けた。

「和江さん、僕が分かるんですね。僕です、信二《しんじ》です」

勢いこんで身を乗り出したとたん、和江の顔がびくっと凍りついた。

たちまち充血した目が見開かれ、孔雀のような甲高い悲鳴を上げ、腕を振り回し、紳士を突き飛ばした。

「あつっ」

紳士は頬を押さえて和江を振り向いた。はっと手を見ると、血が付いている。和江は、赤鉛筆を握って構えていた。紳士の手からむしり取った赤鉛筆で、彼の頬を刺したのだ。

ひいっ、ひいっ、と獣のような声を上げ、和江は紳士を威嚇しつつも、嫌悪に満ちた顔を向けていた。

紳士の顔がみるみる紅潮した。

ひどく傷ついた表情が浮かび、「どうして」と呟いた声は震えていた。

見開かれた目は赤く、涙が滲んでいたが、やがてその目に冷たく暗い光が顕れ、紳士の顔が青ざめていくのが分かった。

紳士はゆっくりと立ち上がった。

ゴウゴウと、窓から吹き込む風が彼の外套をはためかせている。

「和江さん、かくなる上は」

紳士は低く呟いて、置き物のように和江を見た。

紳士の羽織った外套の下にあるものが、初めて目に留まった。

茶褐色の鞘《さや》に収まった、軍刀。

紳士は落ち着いた表情で鞘を握ると、スラリと刀を抜いた。三日月のような線が鈍く輝いた。

和江はきょとんとした顔になり紳士を見上げている。

紳士がゆっくりと振り上げた刀に、ほんの一瞬、和江の姿が映ったのが見えたような気がした。

光る三日月が、キラリと弧を描き、宙を切り裂いた。

紳士は振り下ろした刀をピタリと止めている。

時間が止まり、すべてが一枚の絵のようになった。

次の瞬間、和江の首筋から驚くほど大量の血が迸《ほとばし》った。

和江の顔に、髪に、着物に、後ろの襖に、鮮血が花びらを撒いたように飛び散っていく。

和江の目は、もはや何の色も映していない。

血まみれの細い身体が、音もなく夜具の上に崩れ落ちる。

紳士は、身動ぎもせず棒立ちになっていた。

和江の後ろの襖を伝って、だらだらと血が畳にしみこんでいく。

紳士の手から、ぽろりと刀が落ちた。

それまで無表情だった顔が、突然ぐしゃりと歪む。

「和江さん、和江さん」

紳士は和江の身体に取りすがり、自分の身体に血が付くのも構わず、泣きじゃくり続けた。

ようやく顔を上げた時には、彼の顔には疲労感と虚脱感が漂っていた。

泣き疲れた子供のような顔で、紳士はよろよろと起き上がり、正座をしてしばらくぼんやりしていた。顔や手に付いた血が、もう固まり始めている。

紳士はぼんやりとこっちを見た。

雨が降る夜の戸外を、見るともなしに眺めている。

ふと、彼の目は庇にぶらさがっている鳥籠に留まった。

相変わらず、強い風に煽られてユラユラ揺れている。

紳士はじっと鳥籠を見つめていたが、やがてきょろきょろと畳の上で何かを探し始めた。

和江の身体の下や、夜具をめくって何かを探している。

そして、彼は求めていたものを探り当てた。

桜色の帯締め。

彼の指は、のろのろと手にした帯締めを結んで輪を作っていた。その輪を自分の首に掛け、きちんと絞まるかどうか引っ張って確かめている。その目は落ち着いていて、何か特別なことをしているようには見えなかった。

彼は大儀そうに立ち上がると、鳥籠のところに行った。

鳥籠を吊っている、鉄の金具に手を掛けて強度を確かめている。

得心したように頷くと、紳士は金具に自分の首と繋がった帯締めを絡めた。何度も巻き付け、しっかりと結わえつける。

満足した様子でホッと溜息をつくと、もう一度、横たわっている和江に目をやった。

最後になんと呟いたのかは分からなかった。さよなら、と言ったのか、和江さん、と言ったのか。

次の瞬間、紳士は闇の中に身を躍らせていた。

がくん、と大きな力が掛かって鳥籠が激しく揺れた。

しかし、すぐに鳥籠の揺れは止まった。暗い影が鳥籠にぶらさがり、激しい風雨が叩きつける闇の中、空っぽの鳥籠はそこだけひっそりと静止していた。

三十四

私は、一部始終を見ていた。和江が殺されるところを、殺した男がおのれを縊《くび》るところを。

それが「無理心中」というものだというのは後から誰かに聞いた。

しんじゅう。種彦さんが昔、郷里の誰かとしたというしんじゅう。私はそれを見た。和江の首から噴き上がる血を見た。襖を伝ってしたたり落ちる血を見た。紳士が振り下ろした刀の鈍い光を見た。

それだけではない、あの嵐の夜、紳士が話すのを確かに聞いた。まるで芝居のように、和江の部屋で繰り広げられた心中劇を観ていた記憶があるのだ。

そんなはずはない、と誰かが言う。おまえがそれを見られたはずはない、と人は言う。どうしてあの激しい嵐の中で、紳士の語る言葉が聞けたというのか、と責める。後から聞いた話を勝手に頭の中で繋ぎ合わせて、紳士の語る言葉をでっち上げたのではないか、と言う。

杭の周りをぐるぐる回っている赤い犬が見える。

りんが餌をやっている。

しかし、私は見たのだ。紳士が着ていた大鴉のような外套。和江の袂から落ちた赤鉛筆。花びらのように夜具に散った鮮血。紳士が手にした帯締めの桜色。

その証拠に、私は絵を描いた。二人の心中劇を細部まで描いたのだ。

私は見たものしか描けない。不吉なものしか描けない。血腥《ちなまぐさ》いものならば、瓦版の絵師のように、いきいきと細部まで写し取ることができるのだ。美しい久我原を描くことはできないのに。

だから、私は描いたのだ。くずおれる和江、刀を振り下ろす紳士の不思議に落ち着いた表情を。

私はやはり悪魔なのかもしれない。

惨劇を目の当たりにしても、私は何も感じなかった。産みの母親が斬り殺されるところを見たのに、哀しいとは思わなかった。

私は見ていた。死にゆく二人をじっと見ていた。だから、あの絵を描いたのだ。

三十五

こうして私は三人の母のうちの一人を失った。

あれだけの惨劇であったのに、そのあとの騒ぎの記憶がない。和江のいた部屋はすぐに襖も畳も換えられ、惨劇の痕跡を示すようなものはなくなってしまった。庇にあった鳥籠もどこかに片付けられた。何もなかったかのように墜月荘の日常が戻ってきた。

以前から、墜月荘では、しばしば人がいなくなった。肺を患った女やお喋りな女が昨日いたかと思ったら翌日には消えていたし、お客が交流部で倒れた時もどこかに運び出されていった。

あのカメラマンの遺体が消え、誰もが口をつぐむのを見て、これまでにも口をつぐまされ、消えた影が幾つもあったことを確信せざるを得なかった。

和江がいなくなった頃から、墜月荘の沈黙はいよいよ重くなったようであった。

昼間は、ますます「カーキ色」の男たちが出入りし、強張《こわば》った顔で何かを相談していた。男たちは、言い争うことが以前にも増して多くなった。傍目《はため》にも、何か深刻な対立があることが窺えた。改革派、だの、天命だの、天子様だのという、ごつごつした大仰な言葉が行き交っていた。

ああ、イヤだイヤだ。

ある日、莢子が急に本を放り出して吐き捨てるように呟いた。

私はびっくりして莢子を見た。

最近の授業は、もはや莢子が何かを教えることはなく、二人で専らじっと本を読んでいることがほとんどだった。

莢子は、ここのところ、心ここにあらずといった様子で、私にあまり話しかけることもなく、一緒に本を読んでいても同じページを開いたままぼんやり座っていた。こんなふうに強い口調で文句を言うことなど、めったになかった。

何が改革よ。革命よ。顔突き合わせて、口先だけ。

革命ってなあに。

私が尋ねると、莢子は私がいることにようやく気付いたかのように、「あら」と私を見た。

革命。

莢子は繰り返すと、いかにも軽蔑したように嘲笑った。

一言で言えば、空騒ぎよ。

空騒ぎ。私は口の中で繰り返してみた。その空虚な響き。

カラッポの神輿《みこし》をかついで練り歩くようなものね。

神輿、で私は首をひねった。名前を聞いたことはあったが、見たことはなかったのだ。莢子の表情がふと変わった。侮蔑が消えて、羨望のような、哀れみのような、奇妙な表情が浮かぶ。

それでも、あの人たちは神輿をかつぐつもりなんだわ。薄々、魂の入っていない神輿だと分かっているくせに。しょせん、あの人たちは、祭の目的などどうでもいいの。神輿をかつぐ熱狂を、神輿をかつぐ連帯を求めているだけなんだから。神輿をかつぐことだけが目的になってしまって、頭の中はそのことだけ。本来の目的はどこへやら。村の安寧のために神様をお迎えして、無事に送り届けることなんか忘れてる。自分たちの満足ばかりで、これっぽっちもそんなことは眼中にないんだわ。

莢子が話していることは、ちっとも意味が分からなかった。

一息に話し終えたあと、莢子はちらっと私を見た。

珍しく、優しい表情になったのを見てぎくりとした。

それは、斬られる前の和江が、一瞬だけ正気を取り戻した時のことを思い起こさせたからだ。

つきあわされるあんたも気の毒だわ。

莢子はきょとんとしている私の頭をそっと撫でた。

もう、じゅうぶんあんたはスポイルされているのにね。あんたの時間を犠牲にして、あいつらの祭のために、あんたの時間を残酷に奪われているのに。

莢子が何を言っているのか分からなかった。莢子が「あいつら」と呼ぶのが「カーキ色」の男たちであることは理解できたが、彼らと私がどう関係するというのだろう。ろくに口を利いたこともないし、私の存在を知っている者など、それこそ「カーキ色」には久我原しかいないのに。

私が理解していないのを承知の上で、莢子は私に語りかけた。

いいこと、覚えておくのよ。あんたには、あいつらにつきあう義理なんかないってこと。これまででじゅうぶんだわ、これ以上は必要ない。

莢子は窓のほうを指差した。

いいこと、何か起きたら、ここから出ていきなさい。ここでのことは忘れなさい。ここにいたことも、ここであったことも、綺麗さっぱり捨てなさい。

どこへ逃げればいいの。

私は困惑して尋ねた。ここを出る。ここでのことを忘れる。ここでのことを捨てる。それは、これまでのたいして長くもない私の人生を否定するということだった。ここを出た私を、その後の私を、どうしても想像することができない。

あそこへ。

茨子が、この部屋からは見えないあの場所を指していることはすぐに分かった。

夜の終わる場所。あそこを目指すのよ。

闇の中の、灰色の三角形が目に浮かんだ。

振り返っちゃいけない、あの場所を目指してひたすら歩くの。

茨子も一緒だよね。

私はそう聞いてみた。一人で墜月荘を出る。そんなことは考えてみたこともなかった。

茨子は笑いながら首をひねった。

そうね。一緒に行けたらいいわね。一緒に行けたら、一緒に行くわ。

返事になっていない返事だった。

私と茨子が一緒にここを出ることはないのだ。

この時、私はそう直感した。

私は、一人でここを出て行かなければならないのだ。

その直感は正しかった。そして、後から折に触れ思い出す荚子の笑顔は、いつもこの時の笑顔なのだった。

三十六

種彦さんが、薪を割っている。

斧を持って、いっしんに薪を割っている。

あれ以来、種彦さんは少し変わった。見た目は特に変わらないし、相変わらず仕事も熱心にこなしていたが、時々立ち止まっては、不安そうにきょろきょろと辺りを見回し、頭を振り回すのだ。

事件そのもののことは忘れているらしく、みんながホッとしたように種彦さんを見守っているのが分かった。もちろん、昔の記憶も戻ってはいない。マサさんも、時々じっと種彦さんの様子を遠くから見つめている。

種彦さんが、薪を割っている。

それは、見慣れた風景だった。日常の片隅でなんとなく見知っている、野辺の花のような存在。

しかし、私はその風景に違和感を覚えた。

リズムが違う。テムポが違う。そんな気がしたのだ。

種彦さんの薪割りのリズムは、いつも決まっていた。聞いていてうきうきするような、小気味のいいテムポで、ぱあんという音が爽快ですらあった。

けれど、最近は、種彦さんの薪割りの音を聞いてもスッとしなかった。

時々妙な間があったり、かと思えばつんのめったように続いたりする。

それは、種彦さんが自分に対して戸惑っているのを表わしているように思えた。

種彦さんの頭の中はどうなっているのだろう。あの時、男の顔をつかんで地面に叩きつけた時の感触は手に残っていないのだろうか。

「種彦さん、薪割り変わったね」

ざらりとした不安を感じて、りんに話しかけてみる。

「別に変わらないよ。でも、このところ頭痛がするって言ってた。ミノ先生に今度お薬もらうって」

りんは肩をすくめた。

「あの犬は」

「最近、来ないの。どこ行っちゃったのかな」

りんはバケツを持ち上げ、裏の井戸に向かった。

ぱあん、ぱあん、と裏庭に薪を割る音が響く。

その、どことなく寸詰まりでぎくしゃくしたリズムは、なぜかひどく私を不安にさせるのだった。

三十七

墜月荘の最後の日々。そう呟いてみる。

墜月荘。最後の日々。

そう言葉にしただけで、胸を塞がれるような狂おしい心地になる。

人は私の話を悲惨だという。おぞましく、いかがわしく、信じがたい話だという。

思いもよらぬ嫌悪を見せる人も、激しい軽蔑をぶつけてくる人もいる。いっぽうで、目を輝かせ、露骨に好奇心を剝き出しにする人もいる。私のでっちあげだと、妄想だと決め付ける人もいる。

思い出を評価できる人なんていやしないわ。

莢子の声が聞こえる。

思い出はあたしのもの。あたしだけのもの。誰にも評価なんかさせない。

この声は、まだ莢子が元気だった頃のものだ。莢子が私の先生でいてくれた頃。私をビイちゃん、と呼んでくれた頃。だが、本当に莢子がそう言ったかどうかはもう分からない。莢子がそう言ってくれるのを私が望んでいただけで、そう言ってくれたと思い込んでいるのかもしれない。

墜月荘での日々を思い出そうとすると、いつも形容しがたい不安と不快感に襲われる。それだけではない。あの嫌な頭痛が始まる。肉体的苦痛が、口の中を苦い唾でいっぱいにし、吐き気を催させる。

理由は分かっている。

これまでも、墜月荘には数々の死があった。夥しい血が流され、幾つもの死が闇に葬られた。それぞれの死にどんな事情があり、どんな理由で表沙汰にできなかったのかは知らないし、興味もない。あのカメラマンの死がそうであったように、それらの死は私にとって記号に過ぎなかった。

しかし、これからの死はそうではない。

私の世界に関わり、私の世界を作り、私が少なからず愛した者の死について語らなければならないからだ。

愛する者。そう口にしてみて、戸惑いを感じている。当時、私の中にそんな語彙はなかった。今でも本来の意味で持っているとは思えない。

久我原に抱いていた感情ですら自覚していなかった私だ。あの頃、周囲の人々に感じていたものが何なのか、ぴったりと当てはまる言葉を未だに見つけられない。

けれど、これだけは言える。

世にも醜悪で世にも美しい、おぞましくも惹きつけられる墜月荘は私の世界のすべてであったし、それゆえにあの場所を私は愛していた、と。私が墜月荘に対して抱いていたものこそは、紛れもなく愛と呼べるものであったのだと。

三十八

笹野の最期について話すのは、淋しい。

あの令嬢が亡くなった時に、笹野の大部分はもう死んでいた。それからの笹野は燃えかすのようで、最初のうちは皆が見て見ぬふりをしていたものの、やがて本当に見えなくなってしまった。

ある意味、世間に騒がれ、ゴシップの対象になっていた時のほうがまだましだったかもしれない。

騒がれるということは、それだけ世間も笹野に関心を寄せていたということだし、ゴシップのおかげであったにせよ、彼の小説も読まれていた。

本来、笹野は孤独には耐えられない男だった。新進作家だとちやほやされたり、女性にかまってもらうことが大好きで、一人きりでいるよりも、誰かが周りにいて罵られたりあざけられたりするほうがよっぽどいい、と洩らすほどだった。孤独を紛らわすために書き始めた小説は、次第に盛り場に出入りして話題の中心になるための、誰かの歓心を得るための道具になっていった。

結局私は彼の小説を読むことはなかったが、墜月荘で書かれた作品は皆無で、この頃の彼の作品には見るべきものはない、というのが定説になっているようだ。

彼は忘れられていった。

騒がれず、読まれない。作家としての彼も死んだのと同じだった。どちらの死がよりつらかったのかは分からない。笹野はほぼ壊れていたし、そこにいても気付かれない存在になっていた。

けれど、時々ふと我に返る時があって、その時のほうが悲惨だった。

ほとんどの時間を部屋でうずくまって過ごしていた笹野が、浅い眠りの合間に、かつての習慣を思い出したのか、ふらりと外に出てきて井戸のところで顔を洗おうとすることがあった。

ああ、オハヨウ、とかつてのように挨拶しようとして、うまく喋れないのに気付き、もどかしげな、不思議そうな表情を浮かべて立ち止まる。

オドオドと周囲を見回し、無精髭が伸びてガサガサに肌の荒れた自分の顔にソッと触れ、毒虫に触ったかのように慌てて手を離す。

そして、顔にあの表情が浮かぶのだ。

自分がどこにいるのか思い出しそうになる表情。自分がどんな状況にあり、何を失ったのかを、おぼろげに思い出しそうになる表情。

それは、苦しげで、惨めで、絶望に満ちた顔だった。かつての笹野だったものの感情の揺らぎがチラチラと浮かび上がってきそうになるのを、現実を受け止めきれないに違いないという直感に従い、再び深い水底に沈めてしまおうという、無意識のうちの必死の努力が透けて見えるのだ。

耐え難い現実から尻尾を巻いて逃げ出すかのように、彼は背中を丸めて家の中に戻っていく。

女たちはそんな彼の様子を、遠巻きに見ていたが、誰にもどうすることもできなかった。妻のもとに帰すことも考えたようだが、この状態で帰すのもどちらにも酷だし、何より墜月荘の存在が知れることを恐れたらしい。笹野はゆっくりと朽ちてゆき、井戸のところに現れる度に弱っていった。

そして、もう一度だけ、彼が正気に戻った瞬間があった。

いや、あれは正気じゃない、むしろ混乱していたのではないか、と誰かが言ったけれど、私は彼が正気に戻ったのだと思いたかった。

しかし、彼が最後に見せた正気の瞬間は、災厄の始まりの瞬間でもあったのだ。

三十九

こんな山奥の孤立した墜月荘にも、時代の空気はじわじわと水が滲み出すように伝わってきていた。

やってくるお客の口から伝わったのか、女たちも、大陸だの建国だのナントカ事変だのという言葉を口にするようになり、遠い欧羅巴《ヨオロツパ》で戦争が始まりそうだという話が聞こえてきた。

私は不思議に思った。

戦争というのは、歴史の本の中の出来事であり、過去の出来事だと思っていた。本の中に書かれていることはもう終わってしまったことなので、これから先も戦争というものが起きる、ということが信じられなかったのだ。

歴史というもの自体が済んでしまった化石みたいなものだと思っていた私には、歴史が現在も継続中であり、「現在」がやがて歴史になる、ということも実感できなかった。

しかし、最も時代の空気を運んできたのはやはり「カーキ色」の連中だった。

彼らは今や毎晩のように大挙してやってくるようになったし、彼らの放つ空気はいよいよピリピリして殺気立っており、冷たくきな臭いものを身にまとっていることを隠さなくなった。むろん「交流」している者もいたけれど、そちらは二の次で、彼らは何時間も座敷にこもって議論を繰り返していた。

久我原のやってくる回数が増えたのは嬉しかったけれど、最近の彼の表情は硬く、以前のようにふらりと来て子爵と晩酌をするような余裕はなくなったのか、他の「カーキ色」といつも一緒にいて何か話し合っているので、私に目を留めたり笑いかけたりしてくれるということはなくなってしまったのが不満だった。

茨子は相変わらずそんな「カーキ色」たちを冷ややかな目で見ていたが、もう私に「神輿」がどうの、といった話をすることはなかった。

その日、珍しく「なめくじ」が「だるまさん」と議論をしているのが棕櫚の木の中から見えた。

最近は、「なめくじ」でさえ「交流」よりも打ち合わせに重きを置いているようで、そのことが時代の空気を何よりも端的に表わしているような気がした。

議論の内容はよく分からなかったが、どうやら意見は対立しているらしく、「なめくじ」と「だるまさん」とのやりとりに、顔を紅潮させた「凍み豆腐」や「はたき」がしきりに文句を言っている。

対立の中心である「なめくじ」と「だるまさん」が決して激昂しないのに、周囲がしきりに興奮し、騒いでいるのが滑稽に見えた。いっぽう、久我原はいつも静かに座っていた。

ふと、「なめくじ」の近くに、あの子がいるのが目に入った。

学生服姿の、あの若い子だ。ずいぶん久しぶりに見る。

彼は、座敷で議論している「なめくじ」を、窓の外から何か言いたげな表情でじっと見つめていた。むろん、「なめくじ」も他の「カーキ色」も彼に気付いていない。

私はそうっとスケッチブックを広げた。

彼の全身像を間近で見るのは初めてで、こんな機会を逃す手はなかった。

少年は、じっと「なめくじ」を見ている。

その表情が何なのか、よく分からなかった。恨みの目つきでもないし、親しげな様子でもない。

睫毛の長い人だな、と思いながら横顔をスケッチした。端整な、美しい横顔だ。

彼はいったい誰なのだろう。「なめくじ」とはどういう関係なのだろう。そんな疑問が湧いてきた。

「はたき」や「匕首」にまとわりついているのは、たぶん彼らが殺《あや》めた人たちなのだろう、ということは見当がついた。明らかに恨めしげだし、非業の死を遂げたであろうことがその姿から窺えたからだ。

「だるまさん」の後ろにいる赤ん坊を抱いた若い女性は、親類か何かではないかという気がした。いつも「だるまさん」と意思の疎通ができないことを悲しんでいる様子だし、「だるまさん」となんとなく面差しが似ているように思えた。

しかし、この子は分からない。

「なめくじ」には似ていないので、血縁者ではないようだった。前に「なめくじ」の襟に、こめかみから血を流し齧りついているところを見たが、それ以外の時はいつもこんなふうに静かに「なめくじ」を見つめているので、恨んでいるという感じでもない。

夢中になって鉛筆を走らせていると、不意に少年がこちらを振り向いた。

その目が私を見て、私に気付いた。

私はびくっとして手を止める。

驚いた。彼には私が見えている。私と目が合ったことに気付いているのだ。

澄んだ大きな目。唇がわずかに開かれ、何か言いたそうにした。

もしかして、言葉を交わせるのだろうか。胸がどきどきしてくる。

が、よく見ていると、彼は私を見ているのではなく、私の後ろを見ているのだと気付いた。棕櫚の中にいる私ではなく、私の斜め後ろを。

そっと視線を斜め後ろに向ける。

そこに、ひっそりと誰かが立っていた。

ほっそりした、若い女のシルエット。

その立ち姿に、見覚えがあった。薄茶色のブラウス。臙脂色のハイヒール。

アッ、と思った。これは、笹野を追いかけてきたあの令嬢ではないか。「なめくじ」に乱暴され、谷間に身を投げた娘。

しかし、彼女には顔がなかった。髪はあるのだが、顔の部分が大きく欠けていて、そこは灰色の空洞になっている。

可哀想に、きっと身を投げた時に顔が失われてしまったのだろう。

明らかに、少年はこの娘を見ている。私と目が合ったと思ったのは錯覚で、自分の「同類」のほうに反応していたのだ。

娘は自分の境遇に慣れていないようで、戸惑ったように周囲を見回していた。といっても、頭が左右に動き、ふらふらと足元が揺れるので「見回している」と感じただけなのだが。

娘の手は、何かを探すように前に出されていた。暗闇の中を手探りで進むように、一歩前に出る。実際、顔がないのだから、暗闇にいるように感じているのかもしれない。

こんな姿になっても、笹野を捜しているのだ。娘はぎくしゃくと、危なっかしい足取りで庭の中を歩き回っていた。あの日、木戸を開けて庭に入ってきた時のように。

少年はしばらく娘が徘徊《はいかい》するさまを見ていたが、やがてすっとどこかに歩いていって見えなくなった。

私はスケッチブックを抱え、息を呑んで娘がうろうろするのを見つめていた。

こんなふうに、この世に未練を残している者は現れるのか。顔がなくなっても、異形の姿になってしまっても。

それにしても、すぐそこで娘が歩き回っているのに、座敷の「カーキ色」たちが相変わらず全くそのことに気付かないのがいつもながらに奇妙だった。もっとも、彼らのような職業の者がいちいち死者に気付いていたらやっていけないのかもしれないが。

娘を目で追っているうちに、庭の隅に、もう一人誰かがいるのに気付いた。

いつからそこに立っていたのだろう。

何かを感じていたのかもしれない。もはや、彼は「カーキ色」よりも彼女の棲む世界のほうが近いのだから。

笹野が、いた。ぼんやりと、それこそ彼のほうが幽霊のように突っ立っていた。

しばらく見ないうちに、彼はいちだんと痩せ細っていた。着物がぶかぶかで、ただ布を身体に巻きつけているだけのようだ。無精髭が伸び、面やつれして、かつて人々を魅了した頃の面影は見る影もなかった。顔色もひどく、土気色というより、灰褐色のような色になっていて、明らかに死相が出ている。

笹野は瞬きもせず、左右の肩をアンバランスにいからせて、じっと宙の一点を見つめていた。

その視線の先にはあの娘がいるのだが、彼も娘も互いの姿に気付いていないようだった。

が、笹野の目玉がかすかに動いて、目の前に誰かがいることを認める気配があった。

身体がぴくっと動いて、神経質な震えが起きた。

笹野はのろのろと周囲を見回した。どこまで自分の置かれた状況を、今どこにいるのかを理解しているのかは分からない。が、久しぶりに外に出てきて、必死にそれらを理解しようと努力しているようだ。

と、笹野の目の焦点が合った。

その焦点の先にあるのは、娘ではなく、座敷の窓際に座っている「なめくじ」の背中だった。

見る見るうちに、笹野の顔が赤黒く紅潮し、剝き出しの憎悪が浮かび上がった。久しぶりに見る、人間らしい感情だった。「なめくじ」がおのれの怒りの対象であることを思い出したのだ。

突然、笹野はひょこひょこと「なめくじ」の背中に向かって歩き出した。

その時になって、初めて笹野が手に何か持っていることに気付く。

黒っぽい、大きな紙挟み。

私は心臓をつかまれたようにゾッとした。

あれは、私の。

笹野が手につかんでいるのは、私の紙挟みだった。これまでに描いたスケッチが沢山挟んである。しかも、あれには、よりによって「カーキ色」にまとわりついている、あの異形の者たちの姿を描いたものばかりが挟まれているのだ。

なぜ笹野があれを持っているのだろうか。私の部屋に入って持ち出したのだろうか。笹野が私の部屋に入ったことはないし、第一、家の中を移動することすらめったになかった。

私は慌てた。笹野はあれをどうするつもりなのだろう。取り戻さなければ。「カーキ色」にあれを見られたら。

しかし、ここで出ていくわけにもいかないし、棕櫚に囲まれた私の場所で、やきもきするしかなかった。

そして、笹野は、精一杯に手を伸ばし、紙挟みを両手に持って、いきなりバンバンと「なめくじ」の背中を叩き始めたのだ。

驚いて「なめくじ」が振り向き、悪鬼のような顔の笹野を見てギョッとしたが、しげしげと見つめて、ようやく笹野だということを認めたらしかった。

「おまえ、まだここにいたのか」

あきれたような声を上げる。

「コイツメ、コイツメ、コイツメ」

笹野は甲高い奇妙な声を出し、紙挟みで「なめくじ」を叩き続ける。「なめくじ」は顔をしかめ、笹野の腕をつかもうとする。

「コイツメッ、コイツメェッ」

声はかすれつつも更に甲高くなり、笹野は更に激しく「なめくじ」を打った。

「なめくじ」はウンザリした顔になり、笹野の手をつかみ、揉み合いになった。

中にいる他の者も立ち上がり、この奇妙な揉み合いを呆然と見ている。

「なめくじ」が紙挟みをむしり取った瞬間、バサリと中からスケッチが飛び出し、座敷の中に舞い散った。

アッ、という声が上がり、私の描いた絵が座敷の中を舞うのを見て、私は心の中で「南無三」と叫び、ぎゅっと目を閉じていた。

笹野はハアハアと肩で息をし、その場で呼吸を整えている。

その呼吸の音以外、座敷はしんと静まり返っていた。

いったいどのくらい沈黙が続いただろう。

私は恐る恐る目を開けた。全身、冷や汗でいっぱいだった。

みんなが私の絵を見ていた。拾い上げて見ている者もいる。

「なめくじ」が仁王立ちになって、私の絵を見ていた。

あんなに真っ青な、あんなに動揺した「なめくじ」を見るのは初めてだった。

スケッチを持った手がわなわなと震えている。

やがて、スケッチをヌッと笹野に突きつけた。あの、学生服の少年の絵。

「おい、これはおまえが描いたのか」

「なめくじ」は吊るし上げんばかりの勢いで笹野の胸倉をつかんだ。

「答えろ。なんでこの男を知ってる。どこでこの男のことを見た。どこでこいつを描いたんだッ」

青筋を立てて笹野を締め上げるが、笹野はすっかり抜け殻のようになって、また目の焦点が合っていない。一瞬、「なめくじ」に対する怒りを思い出したものの、もう忘れてしまったのだろう。

「なめくじ」だけでなく、他の「カーキ色」も動揺していた。「はたき」が目玉を飛び出させんばかりにして私の描いたスケッチを見ているのが分かった。あの、彼の後ろにいつもいる外国の老夫婦を描いたのを見つけたのだろう。

「答えろッ。どこで見た。どうしておまえが奴を知ってるんだッ」

「なめくじ」の激昂ぶりはただごとではなく、私は思わず身体をすくめた。私が描いたのだとバレたらどうすればいい。なんと答えればいいのだろう。

が、笹野は全く反応しなかった。ただ「なめくじ」にこづきまわされ、締め上げられるままになっている。

「馬鹿な。有り得ない」

「なめくじ」は突然、笹野を突き放した。

「奴は死んでる。十年も前に」

その場に力なく座り込む笹野と、棒立ちになってスケッチに見入る「なめくじ」。

いったいあの少年は誰なのだろう。改めてそのことが気になった。「なめくじ」にここまでの反応を引き起こさせるあの少年。

この騒ぎのあいだ、顔のない娘は立ち止まってゆらゆらと身体を揺らしていた。何かが起きていることは感じているのだろうが、理解しているわけではなさそうだった。

命を落とすことになる原因を作った二人の男のそばに娘が立っているこの光景が、ひどくグロテスクで、ほんの少し滑稽に思えた。

ふと、座り込んでいた笹野が顔を上げ、娘のほうを見た。

一瞬の沈黙。何かの存在を感じたのだろう。

突然、笹野は我に返った。目が大きく見開かれる。

「初子――初子？」

私もハッとした。

笹野の目は、ゆらゆらしている娘の姿をしっかりと捉えている。

顔のない、灰色の空洞を持った、ほっそりとしたあの娘を。

笹野の目は見る見るうちに恐怖と驚愕《きょうがく》に満たされた。しかし、目を離すことはできず、まじまじと娘を見つめていた。

「初子」

笹野は口を手で覆い、無残な姿になった娘を見ながらガタガタと震えだした。

娘は相変わらず左右に揺れている。

「許してくれ」

笹野は喉の奥から「ヒイッ」というかすれた声を出すと、娘を拝み出した。

「おい、どうした」

「なめくじ」はあっけに取られたように、笹野の視線の先を見つめるが、「なめくじ」には娘は見えないようで、怪訝そうに笹野と笹野の視線の先を交互に見ている。

「許してくれッ、初子」

笹野は土下座し、身を守るように頭を抱えた。

揺れていた娘の動きがピタリと止まる。

笹野と娘。二人とも、つかのま静止していた。

やがて、娘はゆっくりと手を伸ばし、よちよち歩きで笹野のほうに近付いてきた。

どうやら娘のほうでも笹野を認めたらしい。彼女は本能のままに笹野を求めている。懐かしい、愛する者のところへ。

笹野は震えながら僅かに顔を上げ、娘が自分のほうに進んでくるのを目にして「ギャッ」と叫んだ。

よろけながらも必死に立ち上がり、悲鳴を上げて転がるように逃げていく。

出口は身体が覚えていたのか、いったん転んで慌てて立ち上がり、ひどく手間取ったのちにやっとのことで木戸を開けて、外に飛び出していった。

甲高い、何を言っているのか分からぬ悲鳴が遠ざかっていく。

娘は、それでも笹野の後を追う。危なっかしい足取りは変わらず、笹野を追いかけていく。

「なんだ、あいつ」

「なめくじ」はあきれた顔で笹野が開け放した木戸を見ていたが、顔のない娘が苦労してその後を追ったことには全く気が付いていなかった。

娘は、あちこちぶつかりながらも、ようやく木戸を出ることができた。

突然、「なめくじ」は鋭い目つきでこちらを見た。

私がいる、棕櫚の木のほうを。

いっそう息を詰め、身体を縮める私のほうを、「なめくじ」がじっと見ている。

気付かれた。

「おい、そこにいる誰か。出てこい」

低い、殺気に満ちた声。

「隠れているだろう。出てこい」

生きた心地がしなかった。どうしよう。ここで出て行ったらどうなるのだろう。さっきの笹野のように、締め上げられて殺されてしまうのだろうか。

「聞こえているだろう」

全身が心臓になってしまったようだった。あまりの緊張に、一瞬、呼吸もできなくなった。

どうしよう。誰か助けて。萊子。文子。いや、本当に助けてほしいのは――

その時である。この瞬間のことを、私は一生忘れないだろう。

サッと誰かが飛び出してくる気配があった。素早く、「なめくじ」の前に回り込んだのが分かった。

「いけません。ソッとしといてやってください」


凛とした、清々しい声。

ほっとする、久しぶりに聞くあの声。

救われた。文字通り、明るい光が心に射し込んできたような気がした。

「なんだ、久我原。そこをどけ」

「なめくじ」の声は不穏な怒りを含んでいる。

が、もうひとつの声は揺るがなかった。

「あの子は関係ありません。きっと怯えています、怒鳴らないでください」

「あの子だと」

「なめくじ」の口調が変わった。驚きと不審。

「はい。あの子です」

「まさか」

「そうです。我々の切り札です」

切り札。

意外な言葉に、私は一瞬恐怖を忘れた。

切り札と言った。私のことを。久我原が。どういう意味だろう。

この時に、もっとしっかり彼が発したこの言葉の意味を考えるべきだったかもしれない。

しかし、私は、久我原が私の苦境を救ってくれたことに有頂天になってしまっていた。

馬鹿は死なきゃ治らない、というのは真実である。私も、死ぬまでこの愚かさが治ることはないだろう。

四十

笹野の遺体が見つかったのは、それから一週間後のことだった。

町外れの水路で、睡眠薬を飲んでから入水《じゅすい》したのである。

笹野はどこをどう通っていったのか、ともかく下界に降りていった。しかし、自分の家族や知人のところには姿を現さなかったようである。名も知れぬ場末の木賃宿に寝泊まりしていたらしい。

それでも、最後の最後まで、孤独には耐えられなかったのだろう。どこで知り合ったのか、客として知り合ったのか、とある女との心中だった。

その女にも自殺願望があって意気投合したのかもしれないし、どちらかがどちらかを道連れにしたのかもしれない。とにかく、笹野は一人では死ななかった。令嬢と同じ水死を選んだのは、彼なりの罪滅ぼしだったのだろうか。

死に顔は意外にも安らかだったという。罪の意識に苦しみ続けていた現世から解放され、ようやくゆっくり眠ることができたからだろう。

笹野の死は、令嬢の死の時に比べてほとんど報道されることはなかった。ひっそりと三面記事になった程度で、以前のように人々の関心は惹かなかったようだ。

葬式はとてもつましいものだった。

子爵と久我原が出かけていったところ、生前つきあいのあった出版社から数名の人間が来ていたものの、華やかな交遊時代の友人は全く姿を見せなかった。

最後に笹野の妻が短い挨拶をして、骨壺を抱えて子爵と久我原に何度もお辞儀をしてひっそり去っていった。

笹野の妻は、「長いこと夫婦離ればなれでしたけれども、これでやっと私のところに戻ってきてくれました」と挨拶したという。

四十一

笹野が姿を消し、「カーキ色」たちがきな臭い議論を続けていたこの頃、私は悪夢に悩まされるようになっていた。

いつから見るようになったのかは定かではない。たぶん、種彦さんがあのカメラマンを殺した後からだったように思う。

夢の中で、気が付くと私はそっと墜月荘の庭に侵入しようとしている。そろそろと裏の木戸を開けて中に入り込む。墜月荘はひっそりと静まり返り、人けもないのだが、私が裏木戸を開ける音がやけに大きく金属音のように辺りに響き渡ってしまうのだ。すると、わらわらと怖い顔をしたマサさんや文子が出てきて、つかまえろ、つかまえろ、逃がすな、と叫ぶ。

慌てて逃げ出し、裏木戸から外に飛び出す私。しかし、そこは暗闇であり、闇の中を右往左往しながら必死に逃げていると、後ろから凄い勢いで迫ってくる影がある。

種彦さんだ。種彦さんと心中させられる。そんな恐怖で、私は頭の中が真っ白になる。懸命に走り続けるのだが、後ろから来る気配はどんどん殺気を増してくるのだ。

ついに、がっちりと頭を大きな手でつかまれ、万力のように締め付けられ、私は空中に吊り上げられる。手足をバタバタさせても逃れられず、次の瞬間、私は激しく地面に叩きつけられるのだ。

そこで、悲鳴を上げて私は目を覚ます。

暗がりの中で飛び起きて、呼吸を整える。悲鳴が大きい時は、ヒサさんも目を覚ましてしまい、心配してくれるのだが、バツが悪くてごまかすのが精一杯だった。全身汗びっしょりで、この上なく不快だった。

別の夢も見た――そちらでは、私が誰かを追いかけている。私の中は、耐え難いほどの憎悪でいっぱいだ。どす黒く膨れ上がり、抑え切れない凶暴な衝動が、今にも破裂しそうになっている。

殺してやる――殺してやる。この手であいつを殺してやる。

頭の中ではそんな声が響き渡る。

よくも、よくも私の――を。

そう呟くのだが、「私の」のあとに続く言葉が聞こえない。

相手は逃げ水のように逃げ続ける。白っぽいぐにゃりとした影で、はっきりとした姿は見えないが、こちらが全速力で追っているのに、なかなか距離は縮まらない。パタパタという足音だけが響き、私はその影を追う。

どのくらい、暗闇の中での追跡が続いただろうか。相手も力尽きたのか、ついに背中が目の前に近づいてくる。衝動が爆発し、私は獣のような唸り声を上げ、手にした重い刀を抜く。闇の中に、キラリと刃が光るのが見える。

私は目の前が赤くなるような殺意を込めて、刀を振り回す。すぐそこに背中があるのを感じる。更に刀を突き出すと、ずっしりした手ごたえを感じ、全身が爽快感に満たされる。

次の瞬間、ものすごい大量の血が噴き上げられ、私の顔に、腕に、温かい血が降りかかる。私は笑っている。どうにもこらえられず、大声で笑っている。影がくずおれ、ドウと地面に倒れる。あおむけになり、蒼白な顔が目に入る。

それは人形みたいな和江の顔だ。私は満足感を覚える――私のことを悪魔呼ばわりしたのだから、当然だ。あんたが悪いんだ。私は軽蔑を込めて、遺体を乱暴に蹴る。

すると、遺体はゴロリと転がり、再びあおむけになる。

と、そこに転がっているのは、いつのまにか、土気色をし、目を虚《うつ》ろに見開いた英子になっている。

私は悲鳴を上げる。手から刀が落ちる。違う、そんなつもりじゃなかった。私は震える声で叫ぶ。私が殺したかったのは和江なのだ、と遺体に取りすがって弁明する。違う、間違っている、英子じゃない。

絶望的な気分で、私は長い悲鳴を上げる——そして、目が覚める。

やはり汗びっしょりだ。全身が熱っぽく、もやもやした不快感だけが残っている。暗がりの中で、まだ夢の中にいるようで、嫌な汗にうんざりしながら呼吸を整える。

いいや、違う。私はそんな夢は見ていない。

あの頃繰り返し見ていた夢のことを考えると、また頭が痛くなる。やはり時系列を間違えているのではないか。これは後から付け足した記憶なのではないか。私は祈るようにそう願う。きっとそうに違いないのだと自分に言い聞かせる。

別のことを考えよう。別のことを思い出そう。現実にあったこと。あの墜月荘の最後の日々を彩るような出来事のことを。

四十二

一度だけ、お茶会というものを体験したことがある——と思う。

思う、というのは、あまりにも奇妙なお茶会だったからだ。

もしかして、あのお茶会の記憶そのものが夢だったのではないか、と今では思うほどだ。

あんなお茶会は、後にも先にも聞いたことも体験したこともない。

笹野がいなくなり、久我原が「カーキ色」との議論に参加するようになると、子爵の姿が見えなくなった。子爵は久我原個人とは親しくしていたものの、「カーキ色」のことは嫌悪しており、距離を置いていたからだ。

ビイちゃん、今晩、君をお茶会に招待するよ。誰にも内緒のお茶会だ。僕の酔狂につきあってもらえないかな。

私が庭にいると、珍しく子爵が周囲を気遣いながらやってきて、そっと囁いた。

不思議に思いながらも、私はこっくりと頷いた。

きっと、久我原も一緒だと思ったのだ。それまでは、子爵のいるところには大抵久我原がいたし、子爵が私を誘うこと自体珍しかった。

このことは誰にも内緒だよ。文子さんたちにも。

子爵はそう念を押した。

今夜は、みんな大事な会合があるらしい。茶室を使う許可は貰っている。いつもの僕の気まぐれだと思って、誰も覗きはしないさ。

そこで、私はどきんとした。

あの開かずの間。子爵はあそこでお茶会を開くつもりなのだ。しかも、指定された時間は夜。なんだか気味が悪いと思ったけれど、久我原がいるのならば構いはしない。もしかして、子爵は久我原に私を呼ぶよう頼まれたのかもしれない。そんな考えが頭に浮かび、私は単純にもうきうきしてくるのを感じていただけだった。

しかし、喜びを抑えながらあの薄暗い茶室に向かった私は、茶室の異様な雰囲気に思わず入り口で立ちすくんでしまった。部屋にいるのは一人きり。

久我原はどこにもいない。いるのは、子爵だけ。

炉の四隅に灯された蠟燭の炎がチラチラと揺れていて、その開かずの茶室はただでさえ陰鬱な空気なのに、更に不気味な雰囲気が漂っていたのだ。

私がおどおどしていると、炉の釜の前に身動ぎもせずに座っていた子爵が顔を上げた。

しゅんしゅんと湯気が上がっていて、子爵は珍しく着物姿だった。

やあ、ビイちゃん、来てくれてありがとう。

その声はいつもの子爵だ。闊達《かったつ》で気安く、落ち着いている。私はホッとして、部屋に足を踏み入れた。

まあ、そう硬くならないで。これは、相当に変則的な、僕が個人的に考えたお点前《てまえ》だから、君はそこに座ってお茶を飲むだけでいいんだよ。

子爵は緊張している私に苦笑すると、鷹揚《おうよう》に手招きをした。

さあ、ここに来て。このお茶は、うちのお袋に分けてもらったものだからおいしいよ。

私は言われるままに、子爵の斜め前にぺたんと座った。畳は思ったよりも暖かかった。

蠟燭の炎が、ゆらゆらと揺れているさまを視界の隅に感じていると、不思議な心地になってくる。

子爵がよどみない手つきでお茶を点《た》てているのを眺めていると、眠たいような、夢とうつつに片足ずつ突っ込んだままになっているかのような、ふわふわした気分になってきた。

前に、僕は時々ここに来たくなるという話をしただろう。

子爵は、お湯を茶碗に注ぎながら話し始めた。

覚えているかな。

あの話は印象的だったので、こくんと頷く。子爵はそれを認めてふわりと微笑んだ。

僕ね、分かったような気がする。

分かったっていうのは。

私が尋ねると、子爵は平然と答えた。なぜここに来たくなるのかがさ。

なぜなんですか。興味を覚えて、身を乗り出すと、子爵はまた私を見てチラッと笑った。

生きるというのは、すさまじいことだ。

子爵は、独り言のように呟いた。

誰もが生まれ落ちた瞬間から、ひたすら声高に、生きたい、生きたいと必死に手を伸ばして叫び続ける。久我原や笹野や、ここに集まる女たちや男たちを見ていれば、彼らがそれぞれの人間の実体を生きているんだと痛感させられる。

子爵はふと、宙を見た。

ところが、僕の場合、あるのは名前だけだ。どこに行っても、僕という人間は名前だけの存在なんだ。僕の顔には、家という名のお札がペタリと貼られていて、人はそのお札しか見ない。そして、札の貼られた僕自身は、はりぼてだ。なんとも中身はカラッポで、フワフワして、生きているという実感に乏しいのさ。

子爵の目は、どこかを見ているようでどこも見ていない。

僕は実体を生きている人間に引け目を感じる。彼らが羨ましいのと同時に、彼らが恐ろしくてたまらない。

子爵は茶筅《ちゃせん》を手に取り、しゃっ、しゃっ、しゃっ、と慣れた手付きでお茶を点てた。

だから、僕にとっては死者のほうが優しいし、ホッとできる——彼らは額に汗して働くという経験のない僕をやっかんだり、軽蔑したり、非難したりしない。何も言わないし、僕が生きていて彼らが死んでいる、という、ただそれだけの事実を伝えてくる。

ここにいると、名無しの存在になれて、気が楽なんだ。

子爵は普段のように淡々と話し続けた。

ビイちゃん、ここに来てどのくらいになるのかい。

子爵は、唐突にそう尋ねた。

どのくらい——私は困惑した。実際のところ、自分がここに来てどれくらいになるのか、自分でもよく分からなかったのだ。

何回冬が来たかな。夏でもいい。

冬。夏。私はぼんやり繰り返すだけだった。頼りなく見えたのか、子爵の声が少しだけ苛立つ。

じゃあ、君は幾つだ。君は、自分が何歳か知っているかな。見たところ、十歳から十二歳、という感じだけれども。

私は急に不安になった。

ゆらゆらと揺れる蠟燭の炎のように、私の中で何かがひどく動揺しているのを感じた。

何歳。私は何歳なのだろう。

そうなのだ、私にとって時間の感覚は、子供の頃から妙に曖昧だった。墜月荘に来てどのくらいの時が経つのか、自分はいったい幾つで、幼児なのか児童なのか、それよりも上なのかが自分でもよく分からないのだ。

私の不安そうな表情に気付き、子爵もふと不安そうな顔になる。

いや、無理に答えなくてもいいんだ。

子爵は慌てて手を振り、湯気の上がる茶碗を私の前に置いた。

さあ、お茶をどうぞ。

宥めるような声で勧められたので、私は恐る恐る茶碗を手に取り、そっと両手で持ち上げる。鼻先にお茶のいい香りがして、少しだけホッとした。

茶碗に口を付け、ゆっくりとお茶を飲む。確かに、とてもおいしかった。思わず、ごくごくと飲み干してしまう。

ごちそうさまでした。

私はお茶碗を畳の上に置き、子爵に向かって笑いかけた。

が、凍りついたようになっている子爵の顔に気付き、ギョッとする。

揺れる炎が、子爵の顔に不穏な影を作っていた。

子爵の目は大きく見開かれ、じっと私のことを見ている。瞳の奥で、蠟燭の光がチラチラと動いているのが見えた。

あのう。

そう呟いたまま、全身が固まってしまうのを意識した。

おいしいお茶をたった今飲んだばかりだというのに、たちまち喉がからからになる。

子爵がかすれた声で言った。

君はいったい何者なんだ。

一瞬、何と言われたのか分からなかった。キミハイッタイナニモノナンダ。ナニモノナンダ——何者なんだ。

子爵が見知らぬ人に見えた。でも、この目。この目には見覚えがある。

冷たいものが、背中を這い上がってきた。

アクマ。アクマァッ。

和江の金切り声が脳裏に響き渡った。

あの時の和江の目だ。形相を変え、目を吊り上げ、口から泡を吹いて私を悪魔だと罵った時の目。

私は震えだした。屈辱と怒りが、恐怖と絶望が身体の底から噴き出してくる。

いったい子爵は私の中に何を見たというのか。私はどんな姿をしているというのか。

ビイちゃん、君は。

子爵は手を伸ばし、私の肩をつかんだ。びくっとして身体を引くと、子爵も弾かれたようにすぐに手を放した。

その目には、一層寒々しい、混乱した表情が浮かんでいる。

子爵は手を引っ込め、その手をまじまじと見下ろした。

アクマ。

和江の声は、いよいよ高く、激しく、頭の中で鳴り響いている。

熱くどろどろしたものが身体の中に込み上げてくる。それは、今にも喉の奥から溢れ出してきそうだった。

突然、身体が動いた。私は立ち上がり、たちまちその部屋を飛び出していた。

ビイちゃん。

背中に子爵の声を聞きながら、私は暗い廊下に駆け出した。それが、私にとって最初で最後のお茶会だった。

四十三

果たしてあのお茶会が夢だったのかどうかはともかく、子爵が言ったように、その晩、極めて重要な集まりがあったことは確かだった。

元々不夜城であった墜月荘であるが、その日はいつにも増して続々と「カーキ色」たちが集まってきて、異様なほどの緊張感が張り詰めていた。見張りも険しい表情で立っていたし、いつもはどこかが開いているのに窓も襖もカーテンもぴっちり閉められ、影がたまに動くのが見えるだけだった。

それは一晩中続き、文子や莢子もその集まりに顔を出していたのか姿は見えず、あまりの重苦しさに、私はよく眠れなかったほどだった。

断続的な浅い眠りのあとにやってきた朝だったが、彼らが一睡もしていなかったことは明らかで、疲労と興奮とに目をギラギラさせた「カーキ色」がぞろぞろと引き揚げていくのを私はぼんやりと眺めていた。

「——本当に、お前に殺《や》れるか」

ふと、そんな懐疑的な「なめくじ」の声が聞こえてきた。

ヤレルカ。その意味が、よく分からなかった。

「見損なうな。必ずしとめてやる」

そういきり立つのは「凍み豆腐」である。あばた面が紅潮しているのが見えた。

「じゃあ」

おもむろに声を掛けたのは「匕首」で、私は「匕首」の声を初めて聞いたような気がした。

カサカサした、どうにも陰気でぞっとする声である。

「あの犬を撃ってみろ」

「匕首」は庭に目をやった。

私はハッとした。

あの犬がいる。しばらく見ていなかった、りんが面倒を見ていたあの犬。相変わらず奇妙に笑っているような表情だったが、以前にも増して痩せこけ、毛がほとんど抜けてしまっていた。歩き方もおかしい。きっと、病気なのだろう。見るからに哀れな、いよいよ醜い犬になっていた。

「凍み豆腐」は露骨に嫌悪を滲ませた。

「犬なんか、撃ってどうする。無用に殺生することもあるまい」

そう嘯《うそぶ》いて顔を背ける。

「犬ごとき撃てなくてどうする。標的だと思って撃ってみろ。それとも、怖いのか。なんのかんの言っても、おまえは人を撃ったことがないからな」

「匕首」が癇《かん》に障る冷笑を浮かべて肩をすくめると、「凍み豆腐」がムッとするのが分かった。

「撃てるさ。あんな汚らしい犬に弾を使うのが勿体《もったい》無いだけだ」

「本番でもそう言うんじゃないだろうな」

「匕首」の小馬鹿にしたような口調は変わらない。

「凍み豆腐」はいきなり銃を取り出して、犬を撃った。

ぱん、という乾いた音がして、犬の背中をかすめたのか、ぎゃん、という声を上げて犬は跳ね回った。血が滲んでいて、世にも哀れな声で叫び、ぐるぐると回る。

「下手糞め」

「匕首」が呟くと、「ふらふら動き回ってるからだ」と「凍み豆腐」が「匕首」を睨みつけ、もう一度撃った。ビシッと弾が脇腹に食い込み、血飛沫が飛んだ。

ヒイッ、という人間のような悲鳴を上げ、犬は更にもがき、奇妙なダンスを踊る。あまりに苦しそうで見ていられない。

「やめて、撃たないでッ」

金切り声が庭に響き、離れたところからりんが転がるようにやってきた。

片足をひきずっているので、なかなか近づけない。真っ青な顔で、必死に手を振り回しながらやってくる。

「殺さないで。殺さないで」

熱に浮かされたようにそう呟いている。

犬はますます哀れにぐるぐる回り、不規則なステップを踏む。血が地面に点々と撒きちらかされている。

「チッ。無駄に苦しみを長引かせやがって。なんとかしろ」

「なめくじ」が顔をしかめた。「凍み豆腐」は、犬があまりにも苦しむので動揺してしまい、続けて撃つが全く当たらない。

「撃たないでえっ」

りんが悲鳴を上げた。

「匕首」が不意に犬を撃った。無表情に、あまりにも無造作な動きだった。

その弾は、犬の脳天を一発で捉えた。

犬は、大きく弓なりに飛び上がったが、短い間ののちに、どさっと地面に崩れ落ちた。

倒れた瞬間には、まだ生命の名残があったものの、たちまちなんの色彩も動きもない、物言わぬ物体に変わっていく。

りんは声にならない声を上げ、よろよろと犬に近付いていくと、ぺたんと犬の脇に座り込み、わーっと大声で泣き出した。

りんがこんなふうに感情を爆発させるのは初めてだった。いつもへらへら笑っているのに、今は全身から声を絞り出すようにして泣いている。胸が締め付けられるような、つらい泣き声だった。よほど大事な存在だったのだろう。あの醜い惨めな犬が、それほどまでに大事であったこと自体が、あまりにも傷ましかった。

「うるさい餓鬼だ」

「匕首」がかすかに不快な表情になった。

「なめくじ」がハッとして、「よせ」と叫んだのと、「匕首」がりんに向かって撃ったのとはほぼ同時だった。

ぱん、とひときわ乾いた音がして、りんはびくっとして泣き止んだ。

見えるほうの目が虚ろに見開かれる。

額に小さな穴が開いていた。そこからツ、と一筋の血が流れ落ちる。

「馬鹿っ、何を考えてるんだ貴様っ」

「なめくじ」が血相を変えて「匕首」の手から銃を払い落とす。

しかし、「匕首」は全く表情を変えなかった。

目を見開き驚いた顔のままバッタリと犬の上に倒れこんだりんを、何の感情も顕れていない目でボンヤリ眺めているだけだ。

「凍み豆腐」は、凍りついた表情でその場で固まったように立ちすくんでいる。

「なめくじ」は廊下から庭に飛び降り、素早くりんに駆け寄ると、かがみこんで首筋に手を当てた。

「駄目だ。死んでる」

忌々しげに呟き、「匕首」を恨めしそうに見上げた。

「民間人、しかも子供を撃つなんざ軍法会議ものだ」

「匕首」はフン、と鼻を鳴らした。

「これから自分たちがすることを考えろ。今更軍法会議など」

独り言のようにボソボソと呟く。

「なめくじ」は「匕首」を睨みつけたままゆっくりと立ち上がった。早足で庭を横切り、誰かを呼んだ。

「りん」

マサさんと種彦さんが真っ青な顔で駆けてくる。

倒れているりんを見て、マサさんが愕然とした。

「りん。なんだってまたこんなことに」

絶句して立ち尽くす二人。

「犬を撃ったら、この子が駆け寄ってきたんだ」

「匕首」がむしろのんびりした声で呟いた。

マサさんはりんの額に開いた穴を見、それからゆっくりと「匕首」を見た。

「眉間に一発」

マサさんは、りんの目を静かに閉じてやる。

「あんた、最初から殺すつもりで撃ったね」

冷たい殺気が、マサさんの全身から噴き出している。そのことに気付いたのか、「凍み豆腐」が身体を強張らせるのが分かった。マサさんの発する殺気には、「凍み豆腐」など相手にならなかった。

「それが仕事なもんでね」

「匕首」は全く意に介さない。

「済まんが、始末を頼む。この子の身寄りは」

「なめくじ」が尋ねると、マサさんはゆっくりと首を振った。

「いない。こいつは天涯孤独でね」

「そいつはよかった」

何気なく呟いた「匕首」の一言にマサさんが反応した。

じっと「匕首」を見つめ、ゆっくりと尋ねる。

「今、なんとおっしゃいましたか」

「悲しむ身寄りがいなくてよかった、と」

「匕首」はしゃあしゃあと答える。

と、次の瞬間、稲妻のようなものが走った。

誰も言葉を発しない。

目にも留まらぬ動きで、マサさんが「匕首」に迫り、いつのまに抜いたのか、それこそ冷たい光を帯びた匕首を喉元に突きつけていた。

さすがの「匕首」も絶句して青ざめている。

マサさんの目は、突きつけた刃に負けず劣らず冷たい光を放っていた。

「兵隊さんてえのは、あたしら庶民を守ってくれるのが仕事だと思ってたんだが、昨今の兵隊さんは違うらしいねえ。せいぜい、しっかりやっておくんな。でなきゃこいつも浮かばれまいよ」

マサさんはそう「匕首」の耳元に囁くと、パッと庭に飛び降りた。

「匕首」は、刃を突きつけられていた喉をのろのろと撫でる。

青ざめた「カーキ色」の三人を残し、マサさんはりんを、種彦さんは犬を抱き上げてさっさと運び出した。

種彦さんは、心ここにあらずといった表情で、何か口の中でブツブツ呟いている。

「りん。りん。りん」

そう繰り返しているところは、まるで鈴を鳴らしているみたいだった。

四十四

りんの死は、みんなに衝撃を与えた。

さまざまな死があったとはいえ、笹野にしろ和江にしろ、結局は交流部の、いわばお客さんの死でしかなかった。

しかし、りんの死は内輪の死であり、家族の死でもあった。しかも、誰よりも余命が長かったはずの、子供の死なのだ。

りんの不在はじわじわと効いてきて、皆を打ちのめした。あの不思議な明るさを持った、利口で役に立つ娘が消えたことは、その分の仕事が増えたことや笑い声が聞こえなくなったことで、皆に均等にのしかかってきた。

そして、りんの死は、何かもっと悪いこと、ひどいことが迫ってきているという予感を皆に抱かせた。

それまでも、墜月荘は不穏な予感を常に秘めていたし、みんながそのことに気付かないふりをしていた。偽りの平穏と、はりぼての日常がなんとか維持されていたけれども、いよいよ隠していることが難しくなってきた、という感じなのだ。

りんの不在が、まるで何かの覆いをべろりと剝がしてしまったようだった。もはや、誰もが平穏な日常を演技することも忘れ、取り繕いもしなくなったので、剝き出しの殺伐とした空気が墜月荘に漂った。

いったい何が来るのだろう。どんなひどい災厄がやってくるのだろう。

私は月観台に上がり、じっと山のあいだの小さな三角形を見つめた。

りんのささやかな葬儀には、私も参列させてもらった。山奥の古い寺で、お経を上げてもらい、りんは身寄りのない女たちを弔ってきた無縁仏のひとつになったのだ。

誰かの葬儀に出るのはそれが初めてのことだった。

文子と莢子もりんの死はこたえたらしく、二人は無口になり、ほとんど笑顔を見せなくなった。

墜月荘は、いよいよ最期を迎えようとしていた。

そこここに重苦しい死の影と、暗い災厄の予感がひたひたと潮のように満ちてきているような気がした。

しかし、それでも、この頃の墜月荘に、私は不思議な美しさを感じた。

腐る直前の肉が最も美味であるように——落ちる寸前の花弁が最も美しい色彩を見せるように——滅びる間際の墜月荘には、何か凄絶な美があった。

もう止められない。私たちは、もうじき揃って暗黒に呑み込まれるだろう。

私は、墜月荘の絵を描いた。

死者はもう描かなかった。今や、墜月荘そのものが死者なのだ。今の墜月荘を描かなくては、私の存在意義はないとすら感じていた。

ぎりぎりと時間のゼンマイが巻かれているところが見えるようだった。「カーキ色」たちは、あの晩、何かをすることを決めていた。もうすぐ、その何かが始まるのだ。胃が痛くなるような緊張と恐怖を感じていたが、そのいっぽうで、私はどこか安堵していた。

もうじき、この時代は終わる。私の墜月荘時代が終わる。それがよいことなのか悪いことなのかは分からないけれど、とにかく何かが終わろうとしていて、それが私の人生の大きな転換点になるという確信だけがあったのだ。

私は、朝から晩まで墜月荘を描き続けた。

この世のものとは思えぬ、美しい墜月荘を。

種彦さんの真似をして、口の中で「りん。りん。りん」と呟きながら。

四十五

その朝は、静かに始まった。

透き通るように空が高く晴れ、しんと冷え込んだ朝で、数日前に降った雨が溜まっていた勝手口の外の古い甕《かめ》に薄い氷が張っていたのを覚えている。

今でも強く印象に残っているのは、洗面所の窓辺に置いてあった一輪挿しの、黄色い菊の花がとても鮮やかだったことだ。

冬の陽射しを受けて凜と咲いているその花を、私は不意に「美しい」と思った。何かを見て美しさに打たれるという体験は、その時が初めてだったような気がする。

その感動を記憶にとどめておきたくて、私は朝食もそこそこに、一輪挿しを前に花のスケッチを始めた。少しかじかんだ指で、いっしんに花を写していると、窓の外にひらひらと風花《かざはな》が舞っているのが見えた。

墜月荘は、とても静かだった。朝はいつも静かだけれど、特にその日の朝は静まり返っていた。

ふと、漠然とした不安に襲われた。まるでこの敷地の中に私一人しかいないような気がして、私は顔を上げ、周囲の様子を窺った。

奇妙なことに、初めて墜月荘に来た日のことを思い出した。誰かに連れられてこの異形の館の前に立った時のことを。

突然、ブツン、という音がして、ラジオが鳴り出した。

それも、墜月荘のあちこちから、同時に複数のラジオが、びっくりするほど大きな音で音楽を流し始めたのだ。

私はギョッとして、思わず鉛筆を放り出していた。

流れている長閑《のどか》な弦楽四重奏は、なぜかひどく禍々《まがまが》しかった。そもそも、ふだん墜月荘ではラジオは低く他愛のないおしゃべりや退屈な音楽を流しているもので、ろくに気に留めたこともなかった。

しかし、今、墜月荘の中で、唯一強烈な存在感を放っているのはその四角い箱だった。

私は息を呑んでその禍々しい音楽に耳を傾けていた。何か常ならぬことが起きていると直感した。

弦楽四重奏は優雅で退屈だったが、その優雅さが余計に不気味だった。

ずいぶん長いあいだ曲が流れていたように感じたが、本当はそんなに長い時間ではなかったのかもしれない。

音楽は、始まった時と同じく、突然ブツンと途切れた。

そして、唐突に、硬く耳障りな男の声が流れ始めたのだ。

独特な言い回しであるのと全く抑揚がなかったため、最初それが日本語だとは分からなかった。ところどころの言葉でようやく日本語らしいと気付いたものの、何を言っているのか、内容はちんぷんかんぷんだった。

我々ハ――我々ノ――一部ノ階級ガ国民ト国民ノ財産ヲ不当ニ搾取スル現状ヲ深ク憂ウルモノデアリ――目覚メヨ、スベテノ臣民タチヨ――正シキ道ニ立チ返リ正統ナル者ニ神国ノ建築ヲ委ネヨ――国ヲ貪リ貶メル輩ニ天誅ヲ与エルモノデアル――

ゴツゴツした、それでいて扇情的な口調が不安を駆り立てる。

と、また声が途切れて例の間延びした弦楽四重奏になった。

私は腰を浮かせたまま、動けなかった。

果たして、しばらくすると再び音楽は中断され、今度はやけに明瞭な、アナウンサー独特の声が流れ出した。

臨時ニュースを申し上げます、臨時ニュースを申し上げます――本日未明、東京市内で複数の政治家に対する襲撃があり――大臣死亡――重傷者多数――占拠下にあるものと――陸軍――部隊行方不明――東京市に戒厳令が布告され――市民の皆さんは外に出ないよう――

同じ文言が繰り返される。

理解できたのは、陸軍の一部の者たちが、今朝早く政治家や官僚の家を襲って、多くの人を殺したということだった。そして、学校や商店などは休みになったので、家から出るなというのが主旨のようだった。

それでも、陸軍の一部の者たちというのが、連日墜月荘に入り浸っていたあの「カーキ色」であることは想像がついた。そういえば、昨夜は誰も来ていなかったっけ。殺したんだ。沢山の人を。

脳裏に、飛び跳ねている犬と、額に穴を開けて倒れこんだりんの顔が浮かんだ。久我原も殺したのだろうか。

そう思いつくと、膝が震えるような心地になる。

どれくらいそうしていたのか。

いつのまにか、まるで降って湧いたかのように、家じゅうの女たちが現れた。思えば、彼女たちもラジオに耳を澄まし、状況を窺っていたのだろう。

知らない女がいる、と思ったら、それは髪をほどいてセーターにスラックスという格好の文子だった。髪を結い上げた着物姿の文子しか見たことがなかったので、女の人というのは服装や髪型で別人のようになってしまうものだ、とおかしなところで感心した。

文子は、洋装のほうがずっと若く見えた。もしかすると、こちらのほうが彼女の実年齢に近かったのかもしれない。

女たちは、皆出かける支度をしていた。ハイキングに出かけるような服装で、皆スラックスを穿いている。

ヒサさんが、私に着替えるよう言った。セーターに吊りズボン。長靴下に手袋、毛糸の帽子まで揃えてあった。

「どこかに行くの」

私は莢子に尋ねた。莢子も灰色のセーターに紺のスラックスという、いつにない格好をしていて、文子と長いこと話し込んでいた。

「ちょっとね。どこかに行くかもしれないけど、まだ分からないの。場合によっては、急いで出かけなきゃならないの。だから、準備だけしていてね」

莢子は例によって煙に巻くようなのんびりした口ぶりだ。

「何があったの。カーキ色の人たちが、何かしたの」

うーん、と莢子は首をかしげた。

「革命、かしらね。もしくは、あの人たちが革命、と呼んでいる、革命だと思っていることかしら」

莢子は歌うように言った。

「ビイちゃん、教えておくわ」

私を見て皮肉な笑みを浮かべる。

「男のひとは、人殺しのことをそりゃあ手を替え品を替えいろんな言葉に言い換えるものよ──それが、今回はたまたま革命って言葉だったたってことね」

「莢ちゃん、めったなことをお言いでないよ」

文子が眉を顰《ひそ》め、たしなめた。

「あら、だってほんとにめったに起きないことですもの。志のぶさんに聞いてみれば分かるわ」

志のぶさん。

どうしてその名前が出てくるのだろう、と私は訝《いぶか》しく思った。

「そうだ、志のぶさんといえば、ミノ先生も来てもらっといたほうがいいかねえ」

文子が思い出したように呟いた。

「どうかしら。ミノ先生は診療所にいていただいたほうが安全じゃないかしら。志のぶさんのほうに、ミノ先生のところに行ってもらいましょうよ」

「確かに。まだ車は呼べるかな」

「こんな田舎だから、大丈夫でしょう」

文子が足早に電話を掛けに行った。

私はセーターとズボンに着替えた。ヒサさんは、黙々とおむすびを作っている。竹の皮が何枚も重ねられているところを見ると、お弁当を作るのだろう。

やはりどこかに行くのだ。

じわじわとそんな実感が湧いてきた。

そうして見ると、いつのまにか家の中がすっかり片付けられていることに気付いた。恐らく、女たちはこの日のために徐々に整理をしていたのだろう。私はその事実に動揺していた。

ついに、墜月荘を出る時がやってきたのだ。

四十六

莢子が志のぶさんのところに行き、ミノ先生のところに移動するよう説得を始めたが、志のぶさんは頑として首を縦に振らなかった。

炬燵の中で身体を縮め、よく聞き取れない言葉を早口で叫び続け、莢子に向かって唾を飛ばし、莢子を罵っている。

それでも莢子は辛抱強く志のぶさんの説得を続けた。しかし、志のぶさんは頑なに提案を拒絶している。

莢子は小さく溜息をつき、しばらく黙っていたが、志のぶさんの耳元に小さく何かを囁いた。志のぶさんは突然静かになり、じっと俯いている。

二人のあいだに、奇妙な沈黙が降りた。

莢子はなんと言ったのだろう。

やがて、志のぶさんが折れた。打って変わって弱気な様子で、ボソボソと莢子に何か言っている。

ええ、分かったわ、じゃあそうしましょう、と莢子は何度も頷いている。

志のぶさんは行くの、と廊下に出た莢子に尋ねると、ミノ先生が迎えに来てくれたらね、と答えた。

私の目に浮かんださまざまな疑問を見て取ったのだろう。莢子は薄く笑った。

「志のぶさんは、海を越えてきたの。志のぶさんの国は、海の向こうの、遠くて寒い国なのよ」

志のぶさんの国。

私はあっけに取られた。つまり、志のぶさんは日本人ではないというのか。

「あの人たちは、本当の革命に追われて、国を離れざるを得なかったの。志のぶさんは、世が世ならお姫様だったの。そして、ミノ先生は王様だけを診るお医者様だった」

お姫様。王様。私にはそんな浮世離れした言葉がピンと来なかった。それがあの二人とどうしても結びつかない。

「国を追われる。それがどんなに惨めでつらいことか、想像もつかないわ。むろん、民衆は正しいのかもしれない。起こるべくして起きたものなのかもしれない。だけど、それは必ず誰かの血で贖《あがな》われるのよ——必ず、多くの罪なき血でね」

あがなう、という言葉の意味は分からなかったが、志のぶさんが遠くて寒い国から来た、というのには妙に納得できた。彼女が身にまとっていた空気は、祖国の雪と氷のものだったのだ。

それにしても、今「下界」で「革命」なるものが行われているとして、それが私たちとどう関係するのかが理解できなかった。「革命」をしているのは「カーキ色」たちであって、私たちではない。なぜ私たちが墜月荘を離れなければならないのだろうか。

そう聞いてみたかったが、女たちの緊張した様子、暗黙の了解のうちに黙々と出発の準備をしている様子を目にしては何も言うことができなかった。

ラジオは点けっぱなしにされていたが、時折短くニュースが混じるものの、ほとんどの時間は退屈な音楽が続いていた。「音楽の時間」が続くうちに、女たちも私も少し落ち着いてきた。すぐにここを離れなければならないという状況ではないらしい。

私はヒサさんの握ったおむすびを分けてもらったり、温かい味噌汁を飲んだりする余裕ができた。女たちも腹ごしらえをし、うとうと居眠りをしたりしている。

私はふと、墜月荘の中を見て回りたくなった。自分の目に、墜月荘を焼き付けておきたくなったのだ。

手洗いに立つふりをして、私はそっと家を抜け出した。

多くの時間を過ごした庭。古井戸の壁、棕櫚の木。誰も乗ることのない、傾いたぶらんこ。

墜月荘は、既に廃墟のようだった。「交流部」の女たちもどこにもいなかった。国元に帰すか、無縁仏を弔ってくれている山奥の寺に移動させたものらしい。

がらんとした館は、博物館のようなよそよそしさに満ちていた。

私は庭からじっと「交流部」の建物を見上げていたが、ふと何気なくそちらの敷地に足を踏み入れていた。

文子に厳命されていたので、中に入るのは初めてだった。少しどきどきしたが、渡り廊下からひょいと上がってみた瞬間も、あっけないほど抵抗はなかった。

初めて「交流部」の廊下から庭を見るのは変な感じがした。自分がいつも隠れていた棕櫚の木は、元々薄暗く枯山水もどきの石が並んだ庭に溶け込んでいて、我ながらいい場所を見つけたものだと思った。あそこに私がいることに気付いた「なめくじ」は相当に勘がいい。

階段を上がり、あの部屋に行ってみる。

和江がいた部屋。和江が殺された部屋。

恐る恐る足を踏み入れてみたが、すっかり何もかも片付けられていて、空虚な和室があるだけだった。壁にも、襖にも、惨劇の痕跡は何も残っていない。

真ん中に立ってみる。こんなにこぢんまりした部屋だったのか。

ふと、窓の外に目をやる。あの鳥籠があった。

空っぽの鳥籠。和江はあの中に幻の鳥を見ていたのだろうか。それはいったい何の鳥だったのだろう。孔雀のような悲鳴を上げていた和江。彼女の目には、いっぱいに羽を広げた孔雀が見えていたのかもしれない。

もういない。誰も。私を産んだあの女も。

小さく溜息をついて部屋を出ようとした時、視界の隅で、ゆらりと鳥籠が揺れたような気がした。

気のせいだろうか。

足を止めて鳥籠を振り向いた時、木の欄干のところに顔が見えた。

顔。まさか。

一瞬、心臓が止まったかと思い、動けなくなる。

欄干のところに、目をギラギラさせた女の顔がある。欄干につかまり、外からこちらを睨みつけているのだ。

まさか。和江。

ぎしっ、と欄干が女の重みで軋《きし》んだ。

「悪魔め」

髪を振り乱した凄まじい形相の和江が、私を睨みつけていた。

「あんたのせいだ。あんたのせいで、あの人も、あたしも、こんなところで、こんな目に。

何もかもあんたのせい」

和江はこちらに向かって唾を吐きつけた。血の混じった唾が、畳の上にぴちゃりと落ちる。どう見ても死人だ。土気色の顔。斬り殺された時の血がもう黒い塊になってこめかみや口元にこびりついている。もはや目は白濁しかけているのだが、それでも爛々《らんらん》と光を放ち、呪詛に満ちた目でこちらを見ているのだ。

「知ってるよ、あたしは。あんたがこれから何をしようとしているか。あんたの悪魔じみた企みを、知ってるんだ、あたしは」

私は全く動けなかった。

欄干を握った灰色の指がぶるぶる震えている。和江はぜいぜいと喘《あえ》ぎ、欄干からこちら側に這い登ってこようとしている。

「知ってるんだ、あんたがあたしを殺したいと思ってたこと。あんたがあたしを憎んでたこと。そりゃそうだよ、あたしだってあんたがお腹にいる時からあんたを呪い続けてたんだから。呪って、呪われて、産まれてきたのがあんたなんだ。おあいこさ」

和江は歯を剥き出しにして、欄干を握った手に力を込めた。どこからあんな力が湧いてくるのだろう。歯ぐきは真っ黒で、肉が崩れかけているのが見えた。

「何もしてない」

私はそう叫んでいた。

「何もしてない」

もう一度叫ぶと、身体が動いた。畳をこするズッ、という音がして我に返る。

「嘘だ。知ってるんだ、あたしは」

女の顔が上がってきた。

私は転がるようにその場を逃げ出す。廊下に飛び出し、つんのめるようにして階段を駆け下りた。すぐ後ろにあの顔が迫っているのではないかと気が気ではない。

渡り廊下に駆け出して、慌てて靴を履く。

庭に駆け戻り、ようやく後ろを見、上を見上げた。

何もない。墜月荘は沈黙に満ちていて、鳥籠もない。

全身にどっと冷や汗が噴き出してきて、しばらく動悸が治まらなかった。

なぜ、今。なぜ和江が出てきて、あんなことを言うのだろう。

喉の奥が冷たいようで熱く、身体も熱いのか冷たいのか分からなかった。

その時、帳場の電話がリーン、とひときわ高く鳴り、私は飛び上がった。

ただの電話の呼び出し音なのに、たまらなく怖かった。きっとよくない電話に違いない、と直感した。

呼び出し音は、不吉に、執拗に鳴り続けている。

奥から文子が駆けてくるのが分かり、受話器を取り上げたのかようやくベルは鳴り止んだ。

私はぼんやりと庭に立っていた。もはや、棕櫚の木も古井戸もよそよそしい場所になってしまっていて、入ってはいけないような気がした。

電話を切った文子が駆けてきて、私を見ると叫んだ。

「ビイちゃん、中に入って。そんなところに出ていちゃ駄目」

血相を変えた文子の顔を見て、私はようやくのろのろと歩き出した。文子がバタバタと駆けていくのを、他人事のように眺めている自分が不思議だった。

中に入ると、文子が皆と顔を突き合わせている。そこにはマサさんと種彦さんもいた。二人は朝からどこかに出かけていて、戻ってきたところらしかった。

「失敗した」

文子は単刀直入に言った。

みんなが青ざめた顔でじっと文子の顔を見る。

文子も青ざめているが、必死に平静を保っていた。

「帝都には鎮圧部隊が出ていて、同志は制圧されつつある。かなりの数が犠牲に。態勢を立て直すべく、助かった同志が今こちらを目指している」

「どうするの」

「小田原《おだわら》のヤサに移りましょう」

「車は途中で待っててもらうよう頼んである。ただ、三十分くらい歩いてもらわないと」

マサさんが時計を見た。

「この時期、四時過ぎにはもう暗くなってくる。移動するならなるべく早いほうがいい。子供もいるし、時間が掛かる」

「でも、重い怪我人が何人かいるみたいなんだ。ここで手当てをしないと」

「莢ちゃん、ビイちゃんを連れて先に行って」

文子が言うと、莢子は首を振った。

「あたしは残るわ。マサさんに連れていってもらって」

私は、頭の中が真っ白になった。

「嫌」

いつのまにかそう叫んでいた。みんながハッとしたように私を見る。

「嫌だ。英子も一緒でなきゃ、行かない。ここから離れない」

何かを主張したのは、この時が初めてだったかもしれない。みんなが驚いたように私を見た。

英子の目に逡巡が浮かぶ。彼女は私のほうにかがみこみ、たしなめるように言った。

「ビイちゃん、それは駄目よ。あたしは用があるから残らなくちゃならないの。だから、先に行ってちょうだい。後ですぐに追いかけるから」

「嫌だ」

私はにべもなく拒絶した。

英子。

私の育ての母。私の教師。私の三人目の母。

「だって、約束したじゃない。一緒に行くって言ったじゃない。墜月荘を離れる時は一緒だって」

もちろん、果たされない約束であることは知っていた。だけど、それでも一緒に行けたら一緒に行く、と彼女は言ったのだ。

英子の顔がかすかに歪み、目が見開かれた。

茨子も、果たされない約束であることを知っていた。そして、私がそのことを知っていることも。

「嫌だ。一緒に行く」

私は茨子にしがみついた。

そんなことをしたのも初めてだった。茨子が驚き、戸惑ったのが伝わってきて、その後で彼女もぎゅっと私を抱きしめた。

つかのま、何かが通じ合った。それが何だったのかは今も分からない。

茨子は私の背中を何度も撫でた。

「もう少し。もう少しだけ待つわ」

茨子が疲れたような声で言った。

「でも、たぶん、あたしの用には時間が掛かる。お願いだから、どうしても間に合わないと分かったらマサさんと行ってね。お願い」

うんと言いたくなかったが、茨子の目も必死だったので、どうしても首を横には振れなかった。

私は渋々と頷いた。マサさんが種彦さんを見る。

「タネ、おまえ、いざとなったらおぶってくんな。おめえならおぶって走れるだろう」

「あい」

種彦さんはこっくりと頷いた。このところの彼は、すっかり大人しくなってしまい、ほとんど口も利かなかったので、久しぶりに彼の声を聞いたような気がした。顔を見ると、彼は私に向かってニコッとあどけなく笑った。昔の彼に戻ったようで、私はなんとなくホッと胸を撫で下ろした。

四十七

山の日没は早い。午後の太陽は、駆け足で落ちかかっていく。

じりじりと「カーキ色」の生き残りの到着を待っていたところに最初にやってきたのはミノ先生だった。志のぶさんのところに行って、話しかけている。志のぶさんはすっかり弱気になっていて、何も言わなかった。

「ミノ先生、申し訳ないんですがこれから怪我人が来るので、どうぞ診てやってくださいませんか。そのあとで、どこか安全な場所にお届けします」

文子が深々と頭を下げた。ミノ先生は、いつも通りの淡々とした表情でそっけなく頷くだけだ。

年寄りになると、人間はなんとなく無国籍になる。確かに、言われてみれば外国人のような気がするが、言われなければ気付いたかどうか。

そして、次に車の停まる音がして、皆が腰を浮かせたが、現れたのは子爵だった。

「子爵様。どうしてこんな時にここに」

文子が目を丸くする。

「帝都は騒然としてひどい有様だ。あちこちで銃撃戦も起きてるようだ。検問が厳しくて、午前中に出たのにこんな時間だ」

「子爵様、ここは危険です。すぐお戻りになってください。お車があるのなら、今すぐ」

文子が悲鳴に近い声を上げた。しかし、子爵は取り合わない。

「運転手は帰した。久我原は。久我原は無事なのか」

「じきに、生き残った者たちがここに」

莢子が青ざめた顔で言った。

「まだ久我原の消息は分かりません」

その名前を聞くと、胸のどこかがきゅっと痛んだ。

「そうなのか」

子爵は傷ついたような顔をした。

「帝都は混乱していて、かなりのところで封鎖されている。死人も大勢出ているようだ」

今度は文子と莢子が傷ついた顔になった。恐らく、私の顔もそうだったろう。

久我原が、街中の銃撃戦で、硝煙の中に倒れているところを思い浮かべた。りんの死に顔と重なり、額に穴が開いていて、虚ろに目が見開かれているところを。

胸がどきどきしてきた。そんなことになったらどうしよう。このまま二度と会えなかったら。

「やっぱり、ビイちゃんだけでも早くどこかに」

文子が呟いた。私はびくっとする。莢子と引き離される。久我原に会うこともできない。

駄目。それだけは駄目だ。

私は頑なに首を振った。

「嫌。莢子も一緒に」

そう必死に言い張った瞬間、外でキイッという、大きな車両の停まる音がして、みんながハッとそちらに気を取られた。

幌《ほろ》の掛かったトラックが停まっていて、バラバラと人が降りてくる気配がある。

裏木戸が開いて、埃まみれで血だらけの「カーキ色」が続々と運び込まれてきた。

墜月荘の座敷に寝かされ、ミノ先生が呻き声の中を歩き回って怪我を見ている。ヒサさんと文子が手伝いに回った。

たちまち屋敷と庭は阿鼻叫喚《あびきょうかん》の野戦病院のようになった。

血の匂いと、恐怖の匂い。あるいは、暴力の匂いだろうか。これまでに嗅いだことのない凶暴な匂いが辺りに満ちて、私は思わず鼻と口を押さえた。

のっそりと「だるまさん」が入ってきた。こめかみから血を流しているが、若い「カーキ色」の様子を見回り、自分の怪我など意に介していないようだった。

「だるまさん」はミノ先生と文子たちに聞こえるよう、声を張り上げた。

「諸君の御厚意には感謝する。たいへんありがたいが、応急処置をしたら、先生、あなたたちは早く逃げてください。この場所も、当局に把握されている。じきに鎮圧部隊はここまで追ってくる。我々はここで抗戦するので、一刻も早く。頼む」

「だるまさん」は頭を下げた。

ミノ先生は、聞こえていないかのように治療を続けている。

「畜生」

頭に包帯を巻いて起き上がったのは「匕首」だった。ただでさえ死神のようなのに、今は悪鬼のような凄まじい憎悪が全身から噴き出している。

彼はよろよろと部屋の中の箪笥《たんす》を開けると、中から銃を取り出した。

驚いたことに、他の動ける者たちも、箪笥や長持《ながもち》から銃器や火薬を引っ張り出している。

いつのまに、そんなところにこれだけの武器が隠してあったのだろう。

ドン、と離れたところで煙が上がった。

みんなが一瞬動きを止め、そちらに目をやる。

「思ったよりも早かったな」

「もしかすると、前もって」

「カーキ色」たちがざわざわする。

「逃げろ。先生も、早く。あとはこっちでなんとかする」

「だるまさん」が険しい顔で叫んだ。

しかし、ミノ先生は怪我人から離れない。

「先生」

今度は文子が叫んだ。

「お願いです、志のぶさんを連れて、早く逃げてください。先生でなければ志のぶさんは聞いてくれません」

ミノ先生は、そこでようやく顔を上げ、苦渋の色を見せた。渋々立ち上がるが、「カーキ色」たちの様子が気に掛かるようである。

それに気付いた、たった今まで傷口を縫ってもらっていた「カーキ色」が歯を食いしばり、身体を起こした。明らかに痛みをこらえ、笑みを浮かべる。

「先生、ありがとう。俺はもう大丈夫です。早く行って」

ミノ先生は後ろ髪を引かれる様子で、振り返りながら文子に付き添われて立ち去った。

ドン、ドン、と砲撃の音がした。外で応戦しているらしい。

突然、激しい地鳴りのような音が頭上から響いてきたので耳を塞いで見上げると、「なめくじ」が月観台の上で機銃掃射をしているのだった。いつのまに機関銃をかつぎあげたのか、月観台が砲台と化している。

辺りはたちまち硝煙に満ち、白く曇って視界が利かなくなった。まるで霧の中にいるようだ。

「ビイちゃん」

莢子の叫び声が聞こえた。

ハッとして振り向くと、莢子が駆け寄ってくる。

思いがけず、力強く抱きしめられた。

「お願い、マサさんたちと一緒に逃げて。ここは危ないわ。あなたに怪我をさせるようなことになったら、あなたをここに連れてきた意味がない。お願いだから早く逃げて」

莢子は私の両肩をつかみ、必死の形相で言った。

「あたしは一緒に行けないの。ごめんなさい」

無理に笑顔を作って私の頬をそっと撫でる。

「もう少ししたら、必ず後を追いかけるわ。だから、行ってちょうだい。さっきそうすると言ってくれたでしょ」

嘘つき。

私はじっと莢子の目を見ながら思った。

莢子は嘘つきだ。莢子はもう来ない。私と一緒に墜月荘を出ることはないのだ。

「前に言ったわね。あそこを目指すの。夜の終わる場所。あの場所を目指して。後ろを振り返らないで」

私は何も言わず、非難の色を浮かべて英子を見た。私の非難を真正面から受け止めつつも、英子は笑顔を崩さなかった。

「いいわね、あそこで待ってて。後で、夜の終わる場所で落ち合いましょう」

英子はそう言ってもう一度ぎゅっと抱きしめると、突き放すように身体を離した。

「マサさん、ビイちゃんをお願い。種彦さん、頼んだわよ」

硝煙の中、マサさんと種彦さんの大小のシルエットがこちらに近付いてきた。

「こっちへ」

マサさんの手を取りつつ、私は薄れていく英子の後ろ姿を見つめていた。

四十八

その時、硝煙の向こうから、二人の男が姿を現した。

片方がもう片方を肩で支え、抱えるようにして歩いてくる。

私はハッとした。

子爵が抱えてきたのは、傷だらけ、泥だらけの久我原だった。

思わずマサさんの手を放し、駆け寄っていた。

「久我原さん」

久我原が顔を上げて、私に気付くと「やあ、ビイちゃん」と微笑んでくれた。

「奥へ」

子爵が目で促す。私も微力ながら反対側から支えた。

「いや、大した傷じゃない。鎮圧部隊を避けて山道を通ってきただけだ」

そう言ってはいたが、歩くのはつらそうだった。なんとか館に辿り着くと、久我原は崩れるように床に倒れこんだ。

どーん、と館が振動した。何かが撃ち込まれたらしい。どこかで煙が上がっている。

「子爵、こんなところにいないでさっさと逃げてくれ。巻き添え喰ったって、一文にもならん」

久我原は、血の気のない顔で子爵を見た。子爵が彼の上半身を助け起こした。

「お前も逃げよう。裏から山に入れば大丈夫だ」

「反乱軍の次は脱走兵か。どちらにせよ、つかまったら密室軍事裁判で死刑だな」

久我原は笑った。その笑い声が妙に明るく、私は不安になった。

じっと見ている私に、久我原は穏やかな笑みを見せた。

「ビイちゃん、生き延びてくれ」

その目は透き通っていて、空虚だった。もはや何も残っていない、何も恐れていない人間の目。

「君が俺たちの最後の希望で切り札だった。君を表舞台に出すことはできなかったけど、いつかその時が来るかもしれない。だから、生き延びてくれ」

私は首を左右に振っていた。

「そんなもの」

希望。切り札。なぜ私がそうだというのか。それがいったい何になるというのか。

「何の役にも立たない。みんな戦ってるのに」

「ビイちゃん」

久我原の目がふっと揺れた。

「覚えておいてくれ。君の父君は、先のミカドだ。先の天帝の血を、君は引いている。我々は、君を擁立して新たな政府を造り上げるつもりだった――今回は失敗してしまったけど、将来また誰かが君を必要とする。そのつもりで、誇りを持って生きていってくれ――光坊《ひかる》ちゃま」

何を言われたのかよく分からなかった。

ミカド。天帝。血を引いている。そして私は――

呆然とし、混乱している私を見て、子爵が口を開いた。

「君は男の子だね。ビイちゃん」

私はのろのろと子爵を見た。

「女の子として育てられ、女の子の格好をしていたけれど、君は男の子だ。そのほうが、ここで匿《かくま》われているのに都合がよかったんだろう。ミカドの跡継ぎだなんて誰も気付かないし、一石二鳥だったんだ。たぶん、君は十歳か十一歳だろう。女の子のような綺麗な顔立ちをしているからこれまでバレなかったけど、これからもう隠しきれなくなる。君の骨格は、男の子のそれだ。その手もそう。君は手が大きいから、どんどん背が伸びるだろう。あと二、三年もすれば、たくましい少年になる」

思わず、自分の手を見下ろした。白い、長い指。確かに、大きな手かもしれない。手の甲と手首に、くっきりとした筋が見えている。これが、男の子の手なのだろうか。

お茶会で、私に触れた子爵がぎょっとしたのを思い出した。私の肩が見かけよりがっしりしていることに気付いたのだろう。

久我原が優しい声で言った。

「莢子が初めて君に会った時、つい、『坊ちゃま』と口にしそうになって、慌てて『ビイちゃん』と言い換えたらしいね。ビー玉みたいだから、とごまかしたけど、結局そのままビイちゃん、で通るようになってしまった。ひかるちゃん、でも男女どちらでも通じるからよかったと思うけど、もし誰かが名前を調べたら正体がバレる恐れがあったし、やっぱりビイちゃんでよかったのかな」

だって、あんた、ビー玉みたいだったんだもの。

莢子の声が聞こえる。

すきとおって、きれいで、あちこち転がるの。他のビー玉にぶつかれば飛んでいくし、自分では止まれない。しかも、ぶつかったら痛いのよ。

「君は分かっていたのかい。それとも、自分は女の子だと信じこんでいたんだろうか」

子爵がためらいがちに尋ねた。

私は力なく首を振った。

分からない。私には、私が自分のことをどう思っていたのか分からない。

たぶん、どこかでは分かっていた――けれど、分かっていないふりをしていただけなのかもしれない。どこか変だ、私は奇妙な生活をしている、私は特殊な立場にいる。そう感じていたのは確かだろう。鏡を見る度に覚える違和感。鏡の中に見える自分は、見た目通りではないという疑惑。だから、私は鏡に映らなかった。いや、映らないと自分に言い聞かせていた。何か大きな偽りの中に私の人生があると感じていた墜月荘での歳月――

天界より――いや、天帝より墜ちた月。

それは不徳の果実か、罪悪の咎か否や。

どこかでそう囁く声がした。

どどーん、という大きな振動がして、みんながハッとした。天井からパラパラと何かが落ちてくる。遠くで悲鳴と怒号が上がる。

「さあ、行け。俺はここですることがある。もう時間がない。子爵、ビイちゃんを頼む」

久我原が叫び、背中に背負っていた銃剣を床に突き、よろりと立ち上がった。

「久我原」

子爵が声を掛ける。

「達者でな、子爵。三人で呑んだ夜は楽しかった」

久我原は、軽く手を上げて笑った。もはや、彼に逃げる気がないことは誰の目にも明らかだった。

子爵は絶句し、顔を背けた。

パチパチと何かが爆《は》ぜる音がした。遠くに明るい火の手が見える。墜月荘が燃え始めているのだ。

久我原は、背を向けて、ゆっくりと歩き始めた。振り返らない。

「行こう」

子爵が私に言った。私は久我原の背中を見つめていた。少しずつ遠ざかっていく背中。二度とこちらを振り向くことのない背中。

私は自分が空っぽになった気がした。私には何もない。もうどうでもいい。どうなってもいい。投げやりな気持ちで、子爵に手を引かれていく。

いつのまにか、煙が回って、あちこちが燃えているのが見えた。

甲高い悲鳴が聞こえる。

見ると、志のぶさんがうずくまって、泣き叫んでいる。ミノ先生とマサさんで連れ出そうとしているのだが、志のぶさんは地面にうずくまって動こうとしない。

煙と硝煙のせいだ、と思った。志のぶさんは、国を逃げ出す時の、革命の光景を思い出しているのだ。何かを叫んでいるのは、家族の名前を呼んでいるようだった。

子爵が駆け寄り、マサさんと一緒に志のぶさんを抱え上げた。志のぶさんは身体を縮めて、泣き喚いているが、もう時間がなかった。

志のぶさんの上着からあのビーズのがま口が落ちて、地面にぶつかって中身が飛び出した。あの奇妙な人形と一緒に、転がり出たもの。

それは、美しい石がちりばめられた、小さな卵だった。楕円形の絵が付いていて、男女の肖像画らしきものが描いてある。

志のぶさんの両親だろうか、と直感した。慌ててがま口を拾い上げ、中身を戻すと志のぶさんの上着のポケットに突っ込んだ。

裏口に向かった私たちは、既に火の手が回った屋敷の裏庭を通っていかなくてはならなかった。煙がひどく、身体を低めて進まなければならず、それでも目や喉に煙がしみて、涙と咳が止まらなくなった。

「急いで。気をつけて、あそこ、崩れかけてる」

子爵が叫んだ。ごおごおと館を舐める炎の音が辺りに轟いている。頭が、顔が、とても熱くなった。

開口部が多く、老朽化していた館は、見る間に炎に包まれた。凄まじい勢いで炎がすべてを包み込んでいく。

美しい。

煙に苦しみながらも、私はそう感じていた。

燃え上がる墜月荘は、まるで鳳凰《ほうおう》のようだった。かつてはうずくまる鷺のようだったのに、今は不死鳥のように燃え上がり、天を目指している。

ほんの一瞬見とれていると、みしっ、という不気味な音がして、館全体が大きく傾くのが見えた。

辺りの空気が揺らいだような気がしたと思ったら、天井の梁が崩れて、ごおっと頭上に落ちかかってきた。

「危ないッ、ビイちゃん、走れっ」

子爵の悲鳴が聞こえたが、熱い塊が私の上に落ちてくるのを感じた。

衝撃を感じたが、それは私が受けたものではなく、私の上に手を伸ばして燃える梁を受け止めた種彦さんのものだった。

「タネッ」

マサさんの声が聞こえる。

「ウウッ」

種彦さんが呻き声を上げ、梁の熱さと重さに耐えるのが分かった。

「行けっ」

種彦さんが耳元で叫び、私は慌てて種彦さんの下から這い出した。

「ビイちゃん、こっちへ」

子爵が伸ばした手をつかみ、よろけるように進んだ。

「タネッ」

マサさんが近寄ろうとしたが、種彦さんが獣のような声を上げ、威嚇した。

種彦さんは、仁王立ちになって、梁の重さを一人で支えていた。しかし、崩れかかる館はどんどん重さを増して、種彦さんを押し潰そうとしている。しかも、それらは炎に包まれているのだ。種彦さんの腕や頭はジリジリと炎に焼かれていた。

種彦さんは、ひとこと大きく、何か叫んだ。

それは誰かの名前だったような気がする。

次の瞬間、凄まじい音がして、館だったものが雪崩落ちて、種彦さんを押し潰した。

「タネーッ」

マサさんが叫んだが、崩れ落ちる音と炎の音に掻き消される。

火の粉、煙、粉塵《ふんじん》がそこらじゅうに舞い上がり、辺りは白昼のような明るさだった。

ゆらゆらと激しい陽炎《かげろう》が上り、景色のすべてがうねるように揺れている。


そこに、私は見たのだ。


館の一部が崩れ、素通しになった先に、向こう側にある棟の、開け放した部屋を。

その部屋には誰かがいた。

立っている男。

それは、久我原だった。

炎に包まれた部屋で、久我原が立っていた。

いや、動いている。ゆったりとした動作で。

舞っているのだ。

まるで炎など意にも介さぬ様子で、彼は優雅に舞っていた。

初めて出会った夜のように。

そして、その部屋の中に、もう一人誰かがいるのが分かった。

女が一人、部屋の隅に座っている。身動ぎもせず、ぴんと背筋を伸ばして正座しているのだ――英子が。


錯覚だったのかもしれない。あまりの熱さと恐怖に、まぼろしを見たのかもしれない。もしかして、陽炎が舞っている人のように見えたのかもしれない。あれは私が勝手に作り上げた記憶なのかもしれない。

しかし、私は、確かに見たのだ。優雅に、かすかな笑みすら浮かべてひらひらと舞っている久我原を。

そして、その舞いを見届けるかのように正座している葵子を。

私は叫んだ。

何を叫んだのだろう。久我原の名か。あるいは葵子の名か。しかし、自分の声すら聞こえず、陽炎はいよいよ激しく揺らぎ、炎は獰猛に崩れ落ちた屋敷をなぶり続けている。

汗と涙で何も見えなくなり、私は子爵に手を引かれて、混沌の中を走り続けていた。

どのくらい過ぎたのだろうか。

やがて熱を感じなくなり、辺りは少しずつ闇と静けさが戻ってきた。

私は何度も振り返り、墜月荘の最期を見届けようとした。

燃え上がる鳳凰。天に還ろうとする炎の鳥。

還れたのだろうか。それとも力尽きたのだろうか。

炎は徐々に遠ざかり、やがて山道を進むうちに漆黒の闇に沈んでいった。

四十九

頭が痛い。

この執拗な頭痛に悩まされるようになったのはいつからだろう。

思えば、墜月荘を離れてからだったような気がする。

性も素性も偽っていた、自分が何者かを知らずに過ごした、墜月荘での偽りの歳月。しかし、今にして思えば、あの時の私のほうが真実で、それから後の人生のほうが偽りのような気がしてくる。

そう、今の私のほうが、よほど虚飾の人生を送っているのだ。過去を偽り、自分を偽り、そして――記憶をも偽っている。

陽炎の中に揺らぐ墜月荘。

炎の中で舞う久我原。そして、隅に座っている莢子。

この光景を思い浮かべる度に、胸が苦しくなり、頭にぼうっと霞《かすみ》が掛かって締め付けるような痛みが来る。

私は確かに見たはずだ。優雅に舞う久我原を、背筋を伸ばして座る莢子を。

だが、私は別の光景をも時折思い出す。

漆黒の夜に包まれた墜月荘を。

蜘蛛の巣の衣装を羽織って舞っていた久我原。子爵と笹野との酒宴の後に、必ず久我原が向かう先。

そこは、荚子の部屋だった。

私は盗み見た。襖の隙間から、荚子の胸に顔をうずめている久我原を、荚子の絶望と快楽に縁取られた表情を。

嫉妬と憎悪に満ちた私が、荚子の部屋を窺っているところを思い出す。これは本当にあったことだろうか。こちらが嘘ではないのだろうか。

しかし、別の光景も思い出す。

ふと、何の気なしに荚子の部屋を覗いた時、荚子宛ての手紙が机に載っていた。宛名が書かれた封筒が目に入り、そこにある文字を読んだ私は、一瞬自分の目を疑った。

久我原荚子様

これはいったいどういうことだろう。荚子の名字が久我原だったとは。私は混乱した。久我原と同じなのは偶然なのか。

その理由は、やはり荚子の部屋での二人の逢瀬《おうせ》を盗み聞きしたことで分かった――

しょせん、あたしたちはこの世では結ばれることはないんだわ――

本家と分家だから、同じ名字で親戚だろうとは思っていたけれど、まさか俺たちの父親が同じだったなんて夢にも思わなかった――言わないで――まさか養子に出されていたとは――やめてもうそんな話は――俺たちもう、とっくに地獄に堕ちてる――

襖の反対側で、私は衝撃に耐えている。

そして、怒りと侮蔑がむらむらと湧いてくるのを感じる。

きょうだいどうしだなんて、なんて汚らわしい。忌まわしい。けだもの同然、いやけだものの以下ではないか。私の怒りは日に日に膨らむ。二人には、何かの天罰が下るべきだ。

そうだ、天誅を。

二人に天誅を与えよ。

あの日、私は革命騒ぎが起きたことを知り、墜月荘を離れなければならないことを悟った。この機会を逃せば、二人に天誅を与えることはできないかもしれないと思ったのだ。

どれだけの人数が蜂起に加わっているのかは分からないが、私はそれが失敗するだろうと予感していた。連日繰り返される彼らの会議を見ていた時点で、あまり意志の統一が為されておらず、理想論のみのこの作戦は危なっかしいと感じていたからかもしれない。

となれば、蜂起に失敗した彼らは、ここ墜月荘に逃げてくるだろう。特に久我原は、最後に莢子に会おうとして、どんなことをしてでも墜月荘にたどり着こうとするはずだ。

だから、私は莢子から離れるわけにはいかなかった。莢子と久我原。一緒に罰を与えなければならない。莢子を置いて、一人で逃げるわけにはいかなかったのだ。

最後に墜月荘を見回った時、私は莢子の部屋にも行った。莢子の部屋の周りに、見つかりにくいよう、薄く灯油をまいておく。襖にも下のほうに灯油をかける。古い木造家屋だし、火が回り易くしておけば、たちまち燃え上がることだろう。彼がこの部屋にやってくるかは分からないし、一か八かだが、ここに来る可能性は高い。

そして、やはり久我原は戻ってきた。莢子も久我原の戻りを待ちわび、私と一緒に夜の終わる場所に行くことはなかった――

和江が言ったことは正しかった。和江は、私がしようとしていることを見抜いていて、あそこに現れたのだ。

頭痛がする。

いや、嘘だ。私は、罪悪感からこんな嘘をでっちあげたのだ。

まさか、そんなことができたはずはない。久我原が戻ってきた時には、墜月荘はもう燃え始めていたし、本当は、久我原と莢子があの部屋に入ったところで、私が火を点けたなんてことは決して。そんなにうまくいったはずはない。きっと離れは、砲弾が原因で焼けたのだ。まさか、私が二人を焼き殺したなんてことはあるはずがない。

そう、私は、二人が陽炎の中にいるところを、久我原が舞っているところを見ているのだから。

私は、二人の最後の会話まで思い浮かべることができる。炎に包まれた座敷で、二人が何を話していたのかまで。

最後に一曲舞うか。莢子、歌ってくれ。すっかり身体がなまっちまったけど。

あなたは兄弟子だったものね。あたしのほうこそ、もう声が出ないわ。

最初に会ったのは、師匠の家だったな。

あなたは筋がいいと師匠も誉めてらした。あたしは全然駄目だった。

そんなことはないさ。向こうでも一緒に舞えるといいな。

ええ。本当に。

どっちに行くのかな。

どっちにって。

天国かな、地獄かな。

どちらでもいいわ。一緒なら。

そうだな。天国でも、地獄でも、一緒に舞えればいいな。


そう、私には聞こえる。二人の声が。歌が。

墜月荘を離れ、遠く歳月が過ぎ去った今もなお。

五十

ああ、またずきずきしてきた。

本当に嫌になる。長いことつきあっているけど、やっぱり嫌なもんですね。

これまでの話のどこに、この長年続いた偏頭痛の原因があると思いますか、先生。

天帝の末裔《まつえい》だとか、山奥の大きなお屋敷で女の子として育てられたとか、荒唐無稽だと思うでしょう。でもこれは本当の話なんですよ。

もちろん、自分が天帝の末裔だなんて話、信じちゃいません。二十歳くらいまでは、誰かが迎えに来てくれるかもしれない、なんて夢見ていたことは確かですけど、子供なら誰でもそう思うでしょう。本当の両親はどこかにいて、自分は本当は高貴な生まれなんだ、とか。志のぶさんとミノ先生は、無事に逃げられたんでしょうか。もっとも、逃げられたにしても、もうとっくに亡くなってると思いますが。そうそう、ミノ先生は、本当はミロノフという名前だったそうです。呼びにくいんで、みんなが略してたんですね。

志のぶさんのほうは、アナ、というのが本名だそうです。アナスタシアだとしたら、出来すぎの話ですよね。第一、ロシア革命から逃れてきたのなら、もっと若かったはずですし。

ただ、あの時、志のぶさんが落としたがま口から転がりでたきれいな卵。あれをずいぶん経ってから、博物館で見たことがあります。あれと同じものではないですが、イースターエッグといって、ロシアの皇帝が代々造らせたものだという話です。志のぶさんの持っていたものがそれかは分かりませんけど。

そうそう、実は私、「なめくじ」に会ったことがあるんです。

二十年以上も経ってから、新宿のバーで。たまたまカウンターで隣りあわせたんですが、どこかで見たことがある顔だなって。話しているうちに、「なめくじ」だってことが分かったんです。むろん、向こうは私のことなんか分かりゃしません。向こうは私の顔も見たことがないんですから。

私がデザイナーだと言ったら、そういえば、奇妙な話がある。昔、おかしな絵を描く奴がいたんだ、と言いだした。それが、私が「なめくじ」のそばに見えた少年を描いた絵の話だったんで、そいつが「なめくじ」だと分かったんです。

あの蜂起事件の関係者は皆死刑になったと思っていたら、「なめくじ」は無事だったんですね。たぶん、彼の家がやんごとない筋に近かったからでしょう。

ギラギラしたところが消えて、上品な年寄りになっていたんで驚きました。で、ぽつぽつと話したところによると、あの少年は、彼の初恋の相手だったんだそうです。彼の母親は相当な浮気性だったそうで、子供の頃から、彼は女をひたすら憎んでいたらしい。女性を憎んではいたけれど、当時は自分の性向については気付いていなかったと。だから、本当は好きだったんだけど、彼に告白された時に動揺してしまった。そこで、激しく拒絶したばかりか、周囲に彼のことをバラしてさんざん虐めたんだと。そうしたら、彼は自殺してしまった。そのことがずっと気に掛かっていたんだそうです。その話を聞いて、当時の彼の態度に納得がいきました。

ああ、痛い。頭が痛いんです、先生。

このごろ、昔のことを思い出そうとすると特にひどいんです。

マサさん、ヒサさん、文子。あのあと、誰にも会っていません。私は墜月荘から逃げたあと、ある人の養子になったんです。もちろん、その時は男の子としてですが。今はもう、死者を見ることもありません。死者を見て、それを絵に描けたのは墜月荘にいた時だけです。墜月荘にいた時に描いた絵は、ぜんぶあの時に焼けてしまいました。

しばらくして、久我原の顔を描いてみたんです。そうしたら、墜月荘にいた時は描けなかったのに、離れたら、するっと描けたんですよ。私の記憶にある、美しくて和やかな顔がね。あれは不思議でした。

当時のことは封印して、新しい両親の元で、私は新たな人生を始めました。美術の学校に入って就職して、デザイナーとして独立してからというもの、無我夢中で働いてきました。時々起きる偏頭痛を騙《だま》し騙しして、ね。

でも、ね。

最近、毎晩のように墜月荘の夢を見るんです。

凄く鮮やかに、細かい部分までくっきりと。

夢の中の燧月荘は、いつも夜で沢山のお客さんを迎えています。レストランでグラスがかちゃかちゃいう音が聞こえるし、ボウイが影のように歩き回るのも見えます。

私は当時のように、庭の棕櫚の木の中にいて、じっと燧月荘を見上げています。夜の燧月荘は本当に美しかった。

夢に出てくるのは燧月荘だけ。久我原も茨子も、懐かしい人は誰も出てきません。あれはどうしてなんでしょうね。二人とも、いちばん夢で会いたい人なのに。

夢の中で、燧月荘を見上げていた私は、そっと棕櫚の中から抜け出して月観台に行くんです。夜の月観台。

するとね、遠くの小さな三角形が光って見える。夜なのに、ちゃんとあの三角形が見えるんです。当時、さんざん眺めていた、山の向こうの海の欠片が。

私は、あそこに行かなければ、と思う。あそこで茨子が待っているはずだから、早くあそこに行かなくちゃ、と。

先生、私ね、今も私の夜は終わっていないような気がするんです。

あの時、私は茨子と約束しました。

夜が終わるあの場所で落ち合いましょうって。

あれ以来、ずっと私の夜は続いていて、一度も明けたことはない。

なぜなら、私はあそこに行かなかったからです。夜の終わる場所に行けていない。茨子との約束を果たしていない。

私は、あそこに行かなくちゃならない。

先生、いつか行けるでしょうか。生きているうちに、あの場所へ。

茨子が待っているあの場所、私の長い長い夜が終わる場所、いつも遠くに見えるだけで決して手の届かない、夜の汀《みぎわ》の果つるところに。

著者略歴
北海道出身。本書が初めての著作となる。月のない夜と海をこよなく愛する。

夜《よる》果《は》つるところ

一九七五年五月二〇日　初版印刷
一九七五年五月三〇日　初版発行

著者――飯合《めしあい》梓《あずさ》
発行者――伊予羽愛希
発行所――株式会社　照隅舎
東京都千代田区一ツ橋二-五-一〇
電話〇三-三二三〇-六一〇一（編集部）
印刷所――凸版印刷株式会社
組版印刷――株式会社精興社
製本所――加藤製本株式会社
著者との諒解により検印は廃止いたします。
定価はカバーに表示してあります。

Printed and bound in Japan

初　出　小説すばる
2010年1月号、4月号、7月号、10月号、
2011年1月号、4月号、7月号、8月号、10月号～12月号

装　丁　須田杏菜

恩田陸（おんだ・りく）
1964年生まれ、宮城県出身。92年、日本ファンタジーノベル大賞の最終候補作に選出された『六番目の小夜子』でデビュー。2005年『夜のピクニック』で吉川英治文学新人賞と本屋大賞、06年『ユージニア』で日本推理作家協会賞長編及び連作短編集部門、07年『中庭の出来事』で山本周五郎賞、17年『蜜蜂と遠雷』で直木三十五賞と本屋大賞を受賞。ミステリ、ホラー、SFなど、ジャンルを越えて多彩な執筆活動を展開する。他の著書に、『スキマワラシ』『灰の劇場』『薔薇のなかの蛇』『愚かな薔薇』『なんとかしなくちゃ。青雲編』『鈍色幻視行』など多数。

夜《よる》果《は》つるところ

2023年6月30日　第1刷発行
2023年7月24日　第2刷発行

著　者　恩《おん》田《だ》陸《りく》

発行者　樋口尚也

発行所　株式会社集英社
〒101-8050
東京都千代田区一ツ橋2-5-10
電話　03-3230-6100（編集部）
03-3230-6080（読者係）
03-3230-6393（販売部）書店専用

印刷所　凸版印刷株式会社
組版印刷　株式会社精興社
製本所　加藤製本株式会社

ISBN978-4-08-771431-9　C0093
定価はカバーに表示してあります。